Arena-Taschenbuch
Band 1785

Reiner Engelmann,
1952 geboren, studierte Sozialpädagogik und absolvierte eine sonderpädagogische Zusatzausbildung. Er arbeitet seit 1977 an einer Schule für Lernbehinderte und führt seit 1983 Lehrerfortbildungen mit den Schwerpunkten Leseförderung, Umweltbildung, Menschenrechtserziehung, Jugend und Gewalt in verschiedenen Institutionen der Lehrerfortbildung durch.

Weitere Arena-Taschenbücher unter der Herausgeberschaft von Reiner Engelmann:
»Morgen kann es zu spät sein« –
Texte gegen Gewalt – für Toleranz (Band 1766)

»Tatort Klassenzimmer« –
Texte gegen Gewalt in der Schule (Band 1784)

Reiner Engelmann (Hrsg.)

Heute die Zukunft beginnen

Texte für ein besseres Morgen

Arena

Dieses Buch wurde gefördert vom Ministerium für Bildung und Kultur des Landes Rheinland-Pfalz.

Die Deutsche Bibliothek – CIP-Einheitsaufnahme
Heute die Zukunft beginnen: Texte für ein besseres Morgen/
Reiner Engelmann (Hrsg.). – Orig.-Ausg.,
1. Auflage – Würzburg: Arena, 1995
(Arena-Taschenbuch; Bd. 1785)
ISBN 3-401-01785-3

1. Auflage dieser Anthologie 1995 als Originalausgabe im
Arena-Taschenbuchprogramm

Umschlaggestaltung: Berhard Hartlieb
Gesamtherstellung: Westermann Druck Zwickau GmbH
ISSN 0518-4002
ISBN 3-401-01785-3

Inhalt

Horst-Eberhard Richter

Psyche des Kindes und Umwelt

1989 gehörte ich zur Jury eines Schreibwettbewerbs, den die Industriegewerkschaft Metall in Frankfurt ausgeschrieben hatte. Kinder zwischen 9 und 14 Jahren waren eingeladen, über ihre Zukunftsvorstellungen zu schreiben. Die Vorgabe lautete: »Wie werdet ihr in einigen Jahren leben? Wie wird es aussehen in unserer Welt? Was wird besser, was schlechter sein? Freut ihr euch auf die Zeit, die jetzt noch so fern ist, oder habt ihr Angst vor der Zukunft?« Über 550 beteiligten sich. Wir waren in der Jury ziemlich bestürzt, was wir überwiegend zu lesen bekamen. Weitaus die meisten Zukunftsbilder stellten eine verschmutzte Welt dar, weitgehend entleert von Tier- und Pflanzenarten. Verschmutzte Luft, das Ozonloch und andere Umweltgefahren bedrohten die Gesundheit der Menschen. Auch von Kernenergie, Atomrüstung und Krieg war oft die Rede.

1991 erschien ein Forschungsbericht der Pädagogin Ulrike Unterbrunner über Zukunftsvorstellungen österreichischer Jugendlicher aus der Gegend Salzburg. Sie hatte 302 Schülerinnen und Schüler zu einer »Phantasiereise« in die Zukunft angeregt. Die Jugendlichen malten und erläuterten, wie die Welt nach ihrer Phantasie in 20 Jahren aussehen würde. Ihre auf Tonband aufgenommenen Erzählungen wurden von drei Personen ausgewertet. »Erstaunlich war nun«, faßt die Autorin zusammen, »daß mehr als die Hälfte der Jugendlichen, nämlich 55 Prozent, eine Welt gesehen hatten, die sie pessimistisch stimmte. Lediglich ein Viertel äußerte optimistische Zukunftsvisionen. 80 Prozent – Mädchen gleichermaßen wie Burschen – bezogen Natur und Umwelt in ihre Zukunftsvisionen ein. Knapp 60 Prozent sahen diese gestört oder zerstört, wobei besonders Luft- und Wasserverschmutzung und Landschaftszerstörung eine Rolle spielten.«
Soeben haben Marianne Leuzinger-Bohleber, Psychoanalytikerin aus Frankfurt, und Ariane Garlichs, Pädagogin aus Kassel, eine interessante Vergleichsstudie an Kindern und Jugendlichen aus Kassel und Jena, also aus Deutschland West und Deutschland Ost, vorgelegt. Sie haben 80 Kinder aus Kassel und 100 aus Jena, je aus zweiten, vierten und achten Klassen, eine Traumreise in die Zukunft darstellen und einen Tag schildern lassen zu dem Thema: Wenn ich 35 bin. In ausführlichen Einzelgesprächen haben sie ihre Eindrücke ergänzt und vertieft. Als ein erster allgemeiner Befund stellte sich heraus, daß mit zunehmendem Schulalter die zunächst unbefangen positiven Zukunftsbilder

mehr und mehr in eine negative Tönung übergehen. Schon die 9–10jährigen sind etwas skeptischer als die Zweitkläßler. Die Tendenz nach dem Negativen hin verstärkt sich dann deutlich bei den 13–14jährigen Achtkläßlern. In dieser Altersgruppe zeichnen die Kasseler Jugendlichen überhaupt keine rein positiven Zukunftsbilder mehr. 79 Prozent von ihnen gestalten rein negative, 21 Prozent gemischt positive und negative Projektionen. Die gleichaltrigen Jugendlichen aus Jena sind etwas hoffnungsvoller. Da die Untersuchungen in Ostdeutschland noch in eine eher euphorische Aufbruchphase nach der Vereinigung fielen, nehmen die Autorinnen an, daß sich dieser Faktor niedergeschlagen hat.

Daß die Grundschulkinder im Vergleich zu den 13–14jährigen Jugendlichen noch unbeschwerter in die Zukunft sehen, erklären die Untersucherinnen damit, daß diese Kinder die äußere Realität noch eher als Verlängerung des familiär-sozialen Raums wahrnehmen. Erfahren sie hier genügend Zuwendung und Sicherheit, ist ihnen um die Zukunft wenig bange. Ich erinnere an die Beobachtungen von Anna Freud an Kriegskindern während der Londoner Bombennächte, nämlich an die Feststellung, daß selbst die Bombeneinschläge und die Zerstörungen bei den Kindern keine nennenswerte Beunruhigung hinterließen, sofern diese sich des mütterlichen Schutzes sicher fühlten.

Alarmierend erscheint nun indessen der stark angestiegene Zukunftspessimismus bei den 13-, 14jährigen. Zuallererst knüpft sich diese Besorgtheit an die Naturzerstörung. Nicht weniger als 80 Prozent der Kasseler und 77 Prozent der Jenenser Jugendlichen stellen speziell dieses Angstthema auf ihren Zeichnungen dar. Die Untersucherinnen folgern, »daß wir als Erwachsene es sehr ernst nehmen sollten, daß zwei Drittel der Jugendlichen in Ost und West bei der ›Traumreise in die Zukunft‹ nicht eine optimistische persönliche Lebensgestaltung phantasieren, sondern an Themen wie Umweltzerstörung und Krieg denken müssen und dies eindringlich zum Ausdruck bringen. Wir finden, dies ist eine relevante Mitteilung der heranwachsenden Generation an die Verantwortlichen unserer Gesellschaft.« Bevor ich zu der Frage übergehe, wie sich diese negativen Zukunftsphantasien auf die Jugend auswirken und wie damit umgegangen werden sollte, scheint mir wichtig zu überlegen, ob wir es hier mit realitätsgerechten Besorgnissen oder vielleicht eher mit einer gestörten und verzerrten Wirklichkeitswahrnehmung zu tun haben. Ich weiß aus Erfahrung, daß zwar viele die eben mitgeteilten Befunde anerkennen, aber lediglich als Folge grundloser Angstmacherei durch Eltern, Lehrer oder die Medien gelten lassen wollen. Die armen Kinder und Jugendlichen erscheinen dann als Opfer achtloser und unverantwortlicher Panikmache. Nun gibt es aber eine Vielzahl von Belegen, die mit den Befürchtungen der Jugendlichen voll übereinstimmen. Nur ein Zeugnis von ganz besonderem Gewicht möchte ich nennen. Es ist die »Globale Warnung«, vor einem Jahr von 101 Nobelpreisträgern nebst 1500 anderen Wissenschaftlern an die Regierungen und die Öffentlichkeit der Welt gerichtet. Darin heißt es wörtlich: »Nicht mehr als eine oder ein paar Dekaden verbleiben, um die akuten und die voraussehbaren Bedrohungen für die Menschheit noch abzuwenden . . . Entweder gelingt eine fundamentale Umstellung in unserer Fürsorge für die Erde und das Leben auf ihr, oder wir gehen einem unermeßlichen menschlichen Elend und einer irreparablen Verstümmelung unserer globalen Heimstatt entgegen.« Die Wissenschaftler begründen ihre Warnung mit einer genauen Bezifferung der zerstörerischen menschlichen Einwirkungen auf die Atmosphäre, die Böden, das Grundwasser usw. sowie mit einer Darlegung der bislang ungebremsten Verelendungsprozesse der Bevölkerungsmassen im Süden. Es ist dies nur eine unter ähnlichen kompetenten Warnungen renommierter Forschergruppen, die allesamt die Visionen der untersuchten Jugendlichen voll bestätigen. Ob die Medien entsprechende Ängste gezielt fördern, erscheint im übrigen noch sehr zweifelhaft. Jedenfalls hat z. B. keine deutsche Tages- oder Wochenzeitung jene Globale Warnung der Nobelpreisträger, in Washington auf einer großen Pressekonferenz vorgetragen, abzudrucken für passend gefunden. Hier waltet doch vielleicht eher eine stillschweigende Allianz mit Verdrängungsinteressen des Publikums.

Es scheint, als verlaufe die Vermittlung von Zukunftsangst von der erwachsenen Generation an die Jugendlichen weniger bewußt absichtsvoll, eher unbewußt. In Interviews zeigen sich Eltern häufig über die düsteren Visionen ihrer Kinder eher erstaunt und bekennen sich keineswegs als Urheber solcher Erwartungen. Es bestätigt sich hier offenbar eine Erfahrung, die wir schon in den 60er Jahren anhand von Familienuntersuchungen ausführlich beschrie-

ben haben: Nämlich daß Kinder und Jugendliche oft gerade solche Ängste und Konflikte der Eltern besonders feinfühlig registrieren, die diese bei sich unterdrücken.
Wer nun wie etwa Leuzinger, Garlichs, Petri, ich selbst und andere die an den Jugendlichen gewonnenen Befunde als Anlaß zu aufrüttelnder politischer Mahnung versteht, bekommt leicht den Vorwurf zu hören, es sei verwerflich, auf diese Art die Jugend zu gesellschaftskritischer Propaganda zu mißbrauchen. So wie er gemeint ist, ist dieser Vorwurf absurd. Demnach dürfte ja auch die große Gruppe der Nobelpreisträger keinen politisch-publizistischen Gebrauch von den zitierten unheilverheißenden Befunden machen. Indessen, auf ganz andere Weise als von den Anklägern verstanden, enthält der Vorwurf sehr wohl einen wahren Kern: Es ist ja doch offenbar so, daß die etablierte Erwachsenengeneration mit Hilfe ihrer eigenen Verdrängungen, Verleugnungen und Verharmlosungen ihren Nachfolgern eine schwere Problematik aufbürdet, deren verantwortlicher Bewältigung sie sich selbst zumindest weitgehend entzogen hat. Genaugenommen instrumentalisieren wir, die Älteren, durchaus mißbräuchlich die Folgegeneration, indem wir ihr einen Berg von Umweltschulden hinterlassen, die wir in der Periode unserer Verantwortung angehäuft haben. Und diese ökologische Überschuldung ist sicherlich noch erheblich gefährlicher als die weitervererbte finanzielle vieler Industrieländer.
Ernste Besorgnisse der Jugendlichen richten sich allerdings nicht nur auf die Naturzerstörung und die Kriegsgefahr, sondern auch auf erwartete negative Veränderungen in

den *sozialen Lebensformen* der Menschen. In dem u. a. von mir begutachteten Schreibwettbewerb wird immer wieder die Sorge geäußert, daß die Beziehungen der Menschen untereinander Schaden leiden würden. Ich zitiere ein paar solcher Äußerungen. Eine 13jährige: »Die Menschen werden sich nur noch für Dinge wie Computer, Auto usw. interessieren, nicht etwa für die Probleme und Sorgen der Mitmenschen. Sie werden Einzelgänger und egoistischer werden.« Eine 11jährige: »Ich habe Angst, daß die Welt von Computern beherrscht wird und daß man deswegen womöglich noch Drogen nimmt.« Ein 12jähriger türkischer Junge zeichnet sich selbst in einem Zimmer, die Arme entsetzt ausstreckend, vor sich einen übernatürlich großen Computer, lauter Zahlen, Tabellen an den Wänden. Überschrift: »Die Erde wird von der Computerwelt verschlungen.« Eine 11jährige: »Der Mensch wird zur Maschine werden. Kinder werden nichts anderes lernen können, als Computer zu bedienen. Gefühle haben keinen Platz mehr.« Eine 12jährige: »Jeder Mensch wird genau überprüft. Es gibt keine Geheimnisse mehr. Die sonst so ausgelassenen Kinder sind stumm und laufen und spielen nicht mehr.« Das sind nur einige beispielhaft herausgegriffene Phantasien über Rückwirkungen des fortschreitenden Technisierungsprozesses auf die psychische Welt. Erwartet wird also, daß die Beziehungen zwischen den Menschen verarmen, daß man sich mehr um die Computer als um die Mitmenschen kümmern werde, daß alle immer einsamer zu werden drohen.

Ähnliche Beobachtungen berichten Leuzinger-Bohleber

und Garlichs. Besonders bei westdeutschen Jugendlichen fanden sie nicht selten eine übertechnisierte Zukunft als Schreckensvision dargestellt. Menschenarmut bis Menschenleere auf vielen zeichnerischen Zukunftsbeschreibungen scheinen auszudrücken, daß die technische Welt von morgen immer weniger Menschen braucht. Eine 12jährige aus unserem Schreibwettbewerb phantasiert, daß künftig Roboter das Kundengeld einkassieren würden, wo vorher zwei bis drei nette unterhaltsame Kassiererinnen im Supermarkt gesessen hätten. Beim Lesen ist mir in den Sinn gekommen, daß diese Jugendlichen gar nichts mehr davon wissen, wieviel mehr noch in der Vor-Supermarkt-Ära beim Kaufen und Verkaufen gesprochen wurde. Für diese neue Generation ist bereits der Minimalkontakt zwischen Supermarkt-Kassiererin und Kunde bzw. Kundin Beispiel einer hervorhebenswert erfreulichen, aber künftig gefährdeten menschlichen Beziehung!
Daß Menschen in der industriellen Produktion zunehmend überflüssig werden, ist Kindern und Jugendlichen heute schon früh bewußt. Roboter und Computer werden eine menschenarme Arbeitswelt beherrschen, so eine in unserem Schreibwettbewerb vielfach geäußerte Phantasie, die genau einen kritischen Punkt trifft, den Paul Kennedy in seinem großen Standardwerk »In Vorbereitung auf das 21. Jahrhundert« ausführlich behandelt.
Wie sehen nun die emotionalen Reaktionen auf die vielfach sehr scharf gesehenen Zukunftsgefahren aus? In vielen Äußerungen wird Ohnmacht gegenüber einer Entwicklung beklagt, die noch ganz in den Händen der Erwachse-

nen liegt. Einzelne Mädchen gestehen ihre Zweifel, ob sie überhaupt später Kinder in diese gefährdete Welt setzen wollen. Depressive Gefühle kommen zum Vorschein, in Interviews sogar auch mal die Frage, ob das alles überhaupt noch einen Sinn habe. Demgegenüber sind auch erfolgreiche Verdrängungsleistungen anzutreffen, oft unterstützt von Eltern, die gewohnheitsmäßig beunruhigende Fragen ihrer Kinder unwillig abweisen, um die eigenen Abwehrmechanismen nicht zu gefährden. Verdrängung kann auch zur neurotischen »Flucht in die Idylle« führen, wie Leuzinger-Bohleber und Garlichs anhand eines kasuistischen Beispiels beschreiben.

Aber der klare Blick auf die geschilderten ökologischen und sozialen Gefahren wirkt bei einer erfreulich großen Zahl von Jugendlichen keineswegs automatisch entmutigend. Obwohl die Mädchen im Durchschnitt mehr Besorgnis als die Jungen bekennen, äußern sie kaum seltener als diese ärgerlichen Protest und Bereitschaft zur Gegenwehr. Sehr verbreitet ist die Wut darüber, in der Erwachsenenwelt noch kein Gehör zu finden, geschweige denn mitreden zu können. Immer bekomme man gesagt: Davon habt ihr ja noch keine Ahnung, zerbrecht euch noch nicht den Kopf über solche Sachen! Eine 14jährige schreibt: »Es ist unsere Zukunft, die heute entschieden wird. Die Erwachsenen sollen uns deshalb anhören. Vielleicht verstehen wir mehr davon, als ihr glaubt.« Und sie fährt fort: »Weil ich möchte, daß auch meine Kinder hier noch leben können, unternehme ich schon jetzt, was ich kann: Ich überzeuge meine Mutter, keine Getränkebüchsen, Einwegflaschen, aufwendige Verpackungen, Plastiktüten zu benutzen. In der Schule habe ich meine Bücher mit Packpapier eingeschlagen statt mit Folie. Außerdem benutze ich nur Umweltschutzpapier, keine Kugelschreiber oder Tintentod. Nächstes Jahr möchte ich in unsere Öko-AG eintreten. Weil ich versuche, auch andere Leute vom Umweltschutz zu überzeugen, habe ich bei einigen schon den Zusatznamen: Die mit dem Ökotick. Darüber rege ich mich aber nicht auf. Später möchte ich mal einen Beruf ergreifen, in dem ich der Umwelt helfen kann. Was genau, weiß ich noch nicht. Ich muß mich aber bald entscheiden. Ich glaube, nur so ein Beruf kann mich ausfüllen. Ich muß das Gefühl haben, wirklich etwas getan zu haben.«

In ähnlicher Weise lassen andere Jugendliche in ihren Briefen erkennen, daß sie sich gegen die gefürchteten Gefahren in ihrem späteren Beruf wehren wollen. So etwa als Tierpflegerin, als Bauer, Förster, Umweltschützerin, auch als Politiker. *Ein* geäußerter Gedanke ist mir noch besonders aufgefallen, der etwa so lautet: Wir glauben nicht daran, daß *technische Rezepte* zur Erhaltung der Natur und des Friedens genügen. Eine *andere Einstellung* ist nötig; die Einsicht, daß bei Anpassung an die an kurzfristigen materiellen Vorteilen orientierte Konkurrenzgesellschaft aller Sinn und die Chance zu innerer Befriedigung verlorengeht. Anders ausgedrückt: Ohne einen *Wandel in der grundsätzlichen Werthaltung* werden alle noch so gut ausgedachten Programme und Strategien versagen. Wenn manche 12–14jährige Mädchen den Gedanken voranstellen, daß ihre späteren Kinder noch in einer gesunden Welt leben sollen, dann steckt darin bereits eine andere Werthaltung. Das Weiterdenken über die eigene Generation hinaus enthält im Ansatz die Abkehr von jenem egoistischen Durchsetzungswillen, der als Prinzip unser ökonomisches System bestimmt und dazu führt, daß überall die sozial Schwächeren, die ärmeren Völker und nicht zuletzt die Natur zu definitiven Verlierern gemacht werden.

In Paul Kennedys gerade zitiertem Buch »In Vorbereitung auf das 21. Jahrhundert« habe ich eine erschöpfende Sammlung von Vorschlägen gefunden, wie unsere Gesellschaften anders organisiert werden, wie sie anders wirtschaften, die Bevölkerungspolitik anders steuern müßten. Aber bei all diesen strategischen Überlegungen kommt zu kurz, was die Kinder und Jugendlichen vordringlich mitbeschäftigt. Nämlich eben die Motive der Menschen. Die sind bei Kennedy wie bei den meisten vornehmlich technokratisch denkenden Experten eine fast unwandelbare feste Größe. Deshalb werden darüber kaum Worte verloren. Beiläufig bemerkt Kennedy: »Menschen sind im allgemeinen nicht willens, kurzfristige Opfer zu bringen, um ein fernes (und ungewisses) Ziel zu erreichen.« Oder, erneut O-Ton Kennedy: »Angesichts der Schwierigkeiten der Reform wird sich wahrscheinlich die instinktive Scheu der Menschen vor unangenehmen Veränderungen und ihre Bevorzugung möglichst bequemer Anpassungen durchsetzen.«

Genau an diesem Punkt bohren die Jugendlichen tiefer: Sie können noch in Frage stellen, ob die schädliche Gewohnheit unwandelbarer Instinkt ist oder ob nicht doch eine Umbesinnung von innen her das Verhalten ändern kann.

Sie wollen sich nicht mit der These abfinden: »Die Menschen sind nun einmal so und werden sich nicht ändern!« Dazu sagen manche: »Ihr Erwachsenen wollt damit nur entschuldigen, daß ihr den Schlamassel angerichtet habt. Ihr wollt nur eure eigene Verantwortungslosigkeit leugnen.«

Die Jugendlichen befinden sich übrigens mit ihrer Hoffnung auf Lernprozesse wiederum in guter Gesellschaft mit den zitierten 101 Nobelpreisträgern, die sich nämlich genauso wenig genieren, den Menschen eine heilvolle Änderung ihres Verhaltens zuzutrauen. In deren »Globaler Warnung« heißt es am Ende wörtlich: »Eine neue Ethik ist erforderlich – eine neue Haltung zur Wahrnehmung unserer Verantwortung für unser Geschlecht und für die Erde.« Ähnlich lautet der Appell des kürzlich verstorbenen Philosophen Hans Jonas in seinem preisgekrönten Werk »Prinzip Verantwortung«, und im gleichen zuversichtlichen Sinne versuchen wir Ärztinnen und Ärzte der Organisation für Frieden, soziale Verantwortung und Umweltschutz die Bevölkerung aufzurütteln.

Als Anwälte der Kinder und Jugendlichen, die sich im Augenblick noch nicht hinreichend politisch und ökologisch zur Geltung bringen können, wollen wir unermüdlich ihrem und unserem Glauben Gehör verschaffen, daß wir Menschen die Kraft und den Willen aufbringen können, zur Erhaltung des künftigen Lebens unser Verhalten zu ändern. Dies ist zur Zeit allerdings nicht einfach, da zumal unter ehedem gesellschaftskritischen Intellektuellen der 68er Generation eine geradezu zynische Verächtlichmachung moralischer Erneuerungshoffnungen zur großen Mode geworden ist. Da heißt es etwa: »Es war eine Zeitlang unsere Illusion, daß der Mensch im Grunde gut sei und daß man ihm nur bessere Verhältnisse schaffen müsse, um seine Humanität und seine Vernunft zur Geltung zu bringen. Jetzt sehen wir an der Welle der Gewalt, der Nationalismen und der Entsolidarisierung, daß der Mensch eben nicht gut und daß alles Gerede von möglichem moralischen Wandel töricht ist.« – Hier waltet eine Resignation, die mit viel Spott und Hohn daherkommt und geradezu zielstrebig alle diejenigen herunterzumachen versucht, die sich ihren Glauben an die Kraft zur Durchsetzung des »Prinzips Verantwortung« nicht rauben lassen. Diesen kurzen Exkurs wollte ich mir erlauben, weil ich meine, daß wir uns über den momentanen Gegenwind im klaren sein müssen, der unsere Standhaftigkeit in besonderem Maße herausfordert.

Um so mehr ist uns in dieser Situation der Blick auf die innere Verfassung der Kinder und Jugendlichen wichtig, erstens, weil wir als Ärzte und Ärztinnen ihrer psychischen Gesundheit verpflichtet sind, die durch die realistischen Zukunftsängste gefährdet und zum Teil auch schon geschädigt ist. Zweitens aber auch, weil wir in dieser nachwachsenden Generation ermutigende Kräfte wahrnehmen können, die dem Fatalismus der egoistischen, korrupten Rivalitätsgesellschaft entschieden widersprechen.

Dieser zweite Gesichtspunkt ist mir besonders wichtig. Ich muß persönlich gestehen, daß ich mich in meinen eigenen Hoffnungen auf keine andere Weise mehr bestärkt fühle als durch das Erlebnis, wie entschlossen sich ein Teil der Jugendlichen der Zerstörung unserer Zukunftswelt widersetzt. Überall, wo wir leben, finden wir heute in unserer Nähe Werkstätten und Projekte, in denen Jugendliche eine gewandelte Lebenseinstellung praktisch umzusetzen versuchen. Wer in Deutschland wollte, konnte sich im vergangenen Sommer über solche Ansätze einen guten Überblick auf dem großen Jugendfestival »Auftakt« verschaffen, das in Magdeburg stattfand. Dorthin kamen mit Sternradtouren oder mit der Bahn mehr als 10.000 Jugendliche aus allen Landesteilen, zum Teil auch aus Nachbarländern. Ihr großes Thema hieß: »Umwelt«. Daneben haben sie auch den Rechtsradikalismus behandelt. Sie lebten eine Woche in einer großen Zeltstadt auf den Elbwiesen und unterrichteten sich wechselseitig über ihre ökologischen und sozialpolitischen Projekte, die sie jeweils in ihren Dörfern oder Städten betrieben. Sie ernährten sich biologisch, hatten für eine unschädliche Entsorgung ihrer Abfälle vorgesorgt und hinterließen die Elbwiesen in einem ordentlichen Zustand. Es gab keine großen Vorträge, sondern nur Arbeit in kleinen Gruppen, so dezentral, wie man sich auch den weiteren Aufbau dieser sozialökologischen Bewegung denkt. Auch die Planung war das Werk über das Land weit verteilter Vorbereitungsgruppen. Dahinter steckten weder ein Verband noch eine Partei. Eine Reihe von Ehrenamtlichen leistete die organisatorische Hauptarbeit. Was mich besonders beeindruckte, war die eher heitere, unternehmungsfreudige Stimmung auf dem Festival. In der Sprache von Günter Nenning war es eine große Pro- und keine

Anti-Veranstaltung. Wie kann man einer eher destruktiven politisch-ökonomischen Entwicklung eine humanistisch-ökologische Form des persönlichen Lebens und der Gestaltung der Verhältnisse zunächst im engeren eigenen Umfeld entgegensetzen? Das war der Grundgedanke. Keine Großkampfstimmung mit hochfliegenden revolutionären Zielen wie 1968. Keine Solidarisierung *gegen* ein dämonisiertes Feindbild. Sondern eher ein Ringen darum, sich vorab durch eigenes Beispiel Glaubwürdigkeit und Selbstsicherheit zu verschaffen, daß man etwas tun kann, statt sich nur über die allgemeine Misere zu entsetzen und zu entrüsten. Wie ich von einigen der Koordinatoren gerade gehört habe, haben sich dem weitmaschigen Netzwerk dieser Jugendprojekte nach dem Festival bereits über 50 neue Gruppen angeschlossen. Die Bewegung wächst in der Stille stetig mit einem Selbstverständnis weiter, das einer ihrer Sprecher so ausdrückt: Wir sind eine »kritisch-kreative Jugendbewegung, die sich mit der allgemeinen Zukunftsresignation, wie sie die bestehende politische Landschaft himmelschreiend verantwortungslos heraufbeschwört, nicht abfinden will«.

Noch besteht bei den maßgeblichen Instanzen wenig Neigung, diese und ähnliche Initiativen ernst zu nehmen, geschweige denn großzügig zu unterstützen. Bezeichnend war die Reaktion des verantwortlichen Redakteurs eines Fernsehmagazins, den ich dafür gewinnen wollte, einen Bericht vom Magdeburger Jugendfestival »Auftakt« zu machen. Das sei zuwenig spannend, meinte er, nur friedliche Jugendliche in dieser Zeltstadt mit ihren Gruppengesprächen, Projektständen und Musik, das sei zuwenig aufregend. Vielleicht steckt in der Öffentlichkeit im Augenblick zuwenig Bereitschaft, sich an solchen friedlichen, konstruktiven Ansätzen zu erwärmen. Vielleicht fehlt der Mut zum PRO. Man läßt sich lieber durch Skandale, Korruptionsaffären und sonstige negative Sensationen unterhalten. Rechtsradikale Jugendliche üben eine solche Faszination aus, daß deutsche Behörden vor kurzem sogar das Fernsehporträt eines jungen Neonazi-Rädelsführers verboten haben, aus Sorge vor unerwünschten Suggestiveffekten.

Ich plädiere dafür, daß wir uns gerade auch in unseren Ärzte-Organisationen für Frieden, Ökologie und soziale Verantwortung mehr um die sich ausbreitenden konstruktiven Jugendinitiativen kümmern sollten. Hier wachsen uns Tausende von jungen Bundesgenossinnen und -genossen zu. Sie können von unserer Unterstützung profitieren, und wir können von ihnen manche Stimulierung erfahren, die wir in Phasen von Erschöpfung und Rückschlägen gut gebrauchen können. Gemeinsam müssen wir beharrlich und unverdrossen an der politischen und ökologischen Umorientierung arbeiten, wie sie die Kinder mit der gleichen moralischen Kompetenz wie die zitierten 101 Nobelpreisträger einfordern.

Hans-Martin Grosse-Oetringhaus

An mein Kind

Ich kann dir
die Stadt nicht geben,
die für Kinder
und nicht für Autos gebaut ist.

Ich kann dir
die Schule nicht geben,
die dir hilft, zu fragen,
und nicht deine Fragen erstickt.

Ich kann dir
die Wälder nicht geben,
die üppiges Leben zeigen,
und nicht ihr eigenes Sterben.

Ich kann dir
die Luft nicht geben,
die dich frei atmen läßt,
und nicht krank macht.

Ich kann dir
den Frieden nicht geben,
der dich zum Schmetterling macht,
und nicht zum Wolf.

Ich kann dir
die Gerechtigkeit nicht geben,
die dich davor bewahrt,
anderen unrecht zu tun.

Das alles kann ich nicht.
Nur eines kann ich:
dich lehren,
für dies alles zu kämpfen.
Und wie könnte man
besser lehren,
als durch
Vorleben?

REINER ENGELMANN

Erinnerungen

Es bedurfte nicht vieler Worte, um Hannes zum Mitkommen zu überreden. Er wandte sich nur gegen meinen Satz: »Ich will meine Erinnerungen überprüfen, sehen, was daraus geworden ist.«

»Du kannst ja deine Erinnerungen überprüfen, aber das genügt nicht, mein Lieber, wir müssen weiterdenken!«

»Ganz schön keck mit seinen siebzehn«, ging es mir durch den Kopf, »aber recht hat er, wir müssen nicht nur weiterdenken, sondern auch weiterhandeln.«

»Läßt sich dieses Stück Erde noch mal mit einer Hoffnung verbinden?«

Diesen Satz sagte ich zu Hannes, als wir am Tor des Geländes angekommen waren. Zwischen neuen Betonpfeilern war ein neuer Maschendrahtzaun befestigt worden, höher als der alte, den ich in Erinnerung hatte, und es befanden sich, um ihn wirklich unbezwingbar zu machen, am oberen Ende drei Reihen Stacheldraht.

»Mit dieser Frage standen wir schon einmal hier, weißt du noch?«

Hannes nickte. »Klar weiß ich das noch, das werde ich auch nicht vergessen.«

»Damals fiel uns die Antwort leicht«, erinnerte ich mich, »ein uneingeschränktes ›Ja‹ hatte sich in unseren Köpfen eingenistet, etwas anderes ließen wir nicht zu im Anblick dessen, was da vor uns lag. Es konnte keine andere Antwort geben, weil es keine andere geben durfte.«

Als wir damals an dieser Stelle standen – hinter uns die Straße durch den Wald, die von den Rändern her vom Löwenzahn, Wegerich, der blau blühenden Wegwarte und anderen Pflanzen schon ganz ausgefranst war, weil seit Jahren keine Militärfahrzeuge mehr entlanggefahren waren –, breitete sich vor uns über die Bergkuppe hinweg eine Lichtung aus, die vom Waldrand her mit Sumpfdotterblumen bewachsen war, ein gelbes Meer von Sumpfdotterblumen bis zu dem mit Maschendraht eingezäunten Gelände – an manchen Stellen im Zaun hingen sogar noch Schilder, die vor dem Betreten des Militärlagers warnten, obwohl seit fast zehn Jahren keine Militärs mehr dort waren –, Sumpfdotterblumen, da wo der Boden feucht genug war, mancherorts auch innerhalb der Einzäunung. Bäume und Sträucher wuchsen wild an den Fassaden der Gebäuderuinen und aus Betonritzen.

Die Natur hatte sich das Militärgelände zurückerobert.

»Es gab nicht nur Sumpfdotterblumen und ein paar Sträu-

cher«, begann Hannes, »dieses ehemalige Feuchtgebiet war ein richtiges kleines Paradies mit seltenen Pflanzen und Tieren. Ich habe Christoph davon erzählt, du kennst ihn, er hat bei uns im Ort gewohnt, in der Wohngemeinschaft in dem alten Fachwerkhaus. An der Fachhochschule hat er Umweltschutz studiert. Mit ihm bin ich noch mal hierhergegangen. Er hat mir alle Pflanzen erklärt und sie aufgeschrieben. Kartieren hat er es genannt. Ich kannte diesen Begriff damals nicht. Alle Pflanzen, die besonders bedroht sind, müßten für die Gegenden, in denen sie vorkommen, aufgelistet und auch gezählt werden.
Zuerst glaubte ich, er wolle mich auf den Arm nehmen, aber dann hat er angefangen, und ich habe mitgeholfen. Da gab es Vergißmeinnicht und Knabenkraut, Schwertlilien, Waldhyazinthen, Tausendgüldenkraut, die verschiedenen Arten von Seggen wie die Hasen-Segge, die Hirsen-Segge, die Pillen-Segge, die Braun-Segge und noch andere, die ich mir nicht alle merken konnte, aber ich denke, es waren wohl die wichtigsten, es gab Borstengras und Schaf-Schwingel, Honiggras und Ruchgras, Berg-Haarstrang und Heidekraut. Und viele andere Pflanzen. Tiere gab es hier auch viele. Unzählige Bienen summten von Blüte zu Blüte, Frösche und Molche teilten sich die sumpfigen Gebiete, verschiedene Schmetterlingsarten wie den Schillerfalter, den Schwalbenschwanz oder den Bläuling bekamen wir zu sehen, Kiebitze und andere Vögel suchten sich hier nicht nur ihr Futter, sondern bauten hier auch ihre Nester.«
»Ja, das stimmt«, unterbrach ich Hannes in seinem Redefluß, »aber sag mal, wie konntest du dir das alles merken?

Ich hatte vieles vergessen von dem, was du mir erzählt hast, obwohl ich mich damals auch damit beschäftigt habe. Auch ich habe die Pflanzen und Tiere gesehen, die Kartierung gelesen, und trotzdem, viele Pflanzen- und Tiernamen hätte ich nicht mehr zusammengebracht.«

»Darüber habe ich noch nicht genau nachgedacht«, sagte Hannes leise, »vielleicht war es die Trauer darüber, daß hier alles zerstört wurde, aber ganz bestimmt auch Wut, Wut auf euch, die Erwachsenen, vielleicht doch nicht genug getan zu haben, um das Gelände hier zu retten, es nicht freizugeben für die Bagger und Raupen.

Dort drüben habe ich gestanden«, Hannes zeigte mit der Hand in Richtung Waldrand etwas abseits der Zufahrtsstraße, »dort habe ich gestanden, als sie angerollt kamen und einfach alles niedergewalzt haben. Ich konnte es nicht fassen. Es war wie ein schrecklicher Traum.«

Hannes sah die Bilder genau vor sich. Die Raupe, wie sie keine Rücksicht nahm auf das, was dort wuchs, wie sie die Pflanzen mit ihrer übermächtigen Schaufel zur Seite schob und nur noch aufgewühlte Erde hinterließ.

Und am Straßenrand die wenigen Demonstranten, die mit Schildern vor den Bäuchen gegen den Baubeginn protestierten, richtig hilflos wirkten sie neben den vielen Baufahrzeugen und der Polizei, die, wie sie erklärte, für einen reibungslosen Ablauf der Maßnahmen zu sorgen hätte.

»Was hätten wir denn noch tun können? Es gab doch weiß Gott viele Leute, die engagiert waren, die nicht nur Briefe geschrieben, sondern auch die Öffentlichkeit informiert, Veranstaltungen und Demonstrationen organisiert haben.

Gut, zum Schluß, als es soweit war, als die Baufahrzeuge angerückt sind, da waren wir nur wenige. Aber es war ein normaler Werktag, ein Arbeitstag für die meisten Menschen.«

»Klar, das verstehe ich ja. Aber du mußt auch sehen, daß wir, Kinder, die wir damals waren, fast immer mit dabei waren, hier, bei diesem Projekt, als es darum ging, ein Stück Natur zu bewahren, bei Friedensdemonstrationen, bei Mahnwachen, gerade auch gegen den Golfkrieg, und ich weiß nicht nur von mir, daß das für uns nicht genug war. Oft hatte ich das Gefühl, daß all diese Proteste schon fast Familienausflügen gleichkamen, man hat für oder gegen etwas demonstriert, man hat sich mit anderen getroffen, man hat sich gut gefühlt, weil man sich engagiert hat, man war ja dabei, ist mitgelaufen, hat sich über Rüstung und Umweltzerstörung empört, hat über die Zukunft philosophiert, zum Teil auch mit Sprüchen auf Transparenten wie ›Die Zukunft gehört den Kindern‹ oder ›Den Kindern eine lebenswerte Zukunft schaffen‹, aber wir, wir Kinder, wir hatten kein Mitspracherecht, wir waren dabei, aber nicht gefragt . . .«

»Jetzt ist es aber genug«, unterbrach ich Hannes, »jetzt wirst du ungerecht. Sicher waren bei den Demonstrationen und den anderen Veranstaltungen in der Regel die Eltern mit ihren Kindern. Welche Alternative hätte es denn gegeben?«

»Weißt du, was es für ein Gefühl ist, einfach nur dabeizusein, nichts tun zu können, auch überhaupt nicht gefragt zu werden? Weißt du, welches Gefühl da hochkommt, wenn

man überall dabei ist und die Erwachsenen von der atomaren Bedrohung reden und von Umweltkatastrophen? Und wo waren wir nicht überall dabei? Waren die unzähligen Demonstrationen nicht wie der berühmte Kampf gegen die Windmühlen? Für uns bestimmt, weil wir die Zusammenhänge und Möglichkeiten nicht gesehen haben. Sieh dir die Aktionen alle an. Die Mittelstreckenraketen wurden stationiert – gut, mittlerweile sind sie wieder abgezogen worden, aber damals wurden sie vor unseren Augen stationiert –, im Golfkrieg sind ungezählte Menschen ums Leben gekommen, die Medien haben ein Szenario verbreitet, das uns die Angst einhämmerte, hier, dieses ehemals wunderschöne Naturschutzgebiet, eine neue Militärstation ist hier errichtet worden, Millionenbeträge hat man in Beton investiert, um Munitionslager, Hallen und Rampen zu bauen. Und wofür? Daß dieses Gelände nach wenigen Jahren wieder leersteht? Diesmal aber mit kaum wiedergutzumachenden Schäden für die Natur!«
Hannes legte eine Pause ein. Er ging ein paar Schritte auf das Tor zu, drehte sich langsam wieder um und redete mit gedämpfter Stimme weiter.
»Ich hatte einfach Angst damals, mir schien das alles unbegreiflich. Da gab es Menschen, die hatten Ideen, wie zum Beispiel dieses frühere Lager hier hätte renaturiert werden können, diese Ideen schienen mir und auch, soweit ich das heute beurteilen kann, den anderen in meinem Alter, die immer mit dabei waren, damals zum Greifen nahe, und wir mußten doch mit ansehen, wie Bagger und Planierraupen sich über dieses Land hermachten, es aufrissen und um-

wühlten, eine riesige Baustelle daraus machten. Ich wollte das alles nicht wahrhaben, ich rief mir immer wieder die Pflanzen und Tiere in Erinnerung, die es hier gab. Vielleicht ist das der Grund, warum ich sie bis auf den heutigen Tag nicht vergessen habe.«

Lange standen wir schweigend nebeneinander, unsere Blicke auf das Militärgelände gerichtet.

Ein Wachposten drehte seine Runde.

»Und was hätten wir tun können, damals?« wollte ich von Hannes wissen.

»Frag mich nicht nach einer Lösung. Ich weiß nur, daß viele von uns mehr wollten, als einfach nur dabeizusein. Wir wollten verstehen, Zusammenhänge begreifen, nicht nur die Wörter auf den Flugblättern und in den Broschüren lesen können, sondern auch die Inhalte, und, am wichtigsten, zumindest für einige, wir wollten selbst etwas tun können. Wir waren ja freiwillig dabei, und sicher war es auch immer wieder schön, Freunde dort zu treffen, neue Leute kennenzulernen, aber wir wollten nicht immer nur in euren Reden vorkommen.«

Wieder entstand eine lange Pause.

Was Hannes gesagt hatte, gab mir einiges zu denken. Alle möglichen Aktionen haben wir damals durchgeführt, um diesen Militärstützpunkt zu verhindern. Nur die Kinder, die haben wir nicht berücksichtigt. Die kamen, wenn überhaupt, tatsächlich nur in unseren Reden und Diskussionen vor, und wenn sie noch klein waren, stellten sie oft eine Belastung dar. Die waren dabei, ohne daß sie wirklich aktiv mit einbezogen waren. Und wenn das stimmt, was Hannes sagte, dann müssen wir umdenken, müssen sie ernst nehmen und nicht einfach nur mitnehmen, müssen das, was in unseren Köpfen vorgeht, für die Kinder verständlich übersetzen und umgekehrt auch das aufnehmen, was die Kinder uns zu sagen haben. Aber was mir noch viel wichtiger erscheint, die Kinder brauchen eigene Handlungsmöglichkeiten. Wie könnten die aussehen? Welche Vorstellungen haben Kinder und auch Jugendliche?

»Und was wird jetzt?« fragte ich Hannes, der offenbar auch seinen Gedanken nachhing.

»Nun, du wolltest deine Erinnerungen überprüfen«, entgegnete er mir, »meine Erinnerungen kennst du jetzt.«

Ich zögerte.

Sollte ich ihm von meinen Überlegungen erzählen? Sollte ich ihn fragen, welche Vorstellungen er hatte, wie Kinder und Jugendliche einbezogen werden könnten?

Sollte ich über meine Erinnerungen reden? Von den vielen Treffen in der Gruppe, den Briefen, den Demonstrationen und Kundgebungen, den Artikeln für die Presse, den Gesprächen mit Politikern auf den verschiedenen Ebenen, den Menschenketten und Zufahrtsblockaden?

Und was kam in den Jahren danach?

Der Militärstützpunkt war Realität geworden, und wir hatten unser Ziel, ihn zu verhindern, nicht erreicht. Im Laufe der Zeit ist er immer mehr in den Hintergrund getreten, nur noch ganz wenige interessierte, was dort geschah. Was aus dem Gelände geworden war, zeigte sich deutlich. Aber was war aus den Kindern und Jugendlichen geworden, die damals mit dabei waren, alles miterlebt haben?

Hannes' Worte fielen mir wieder ein, als wir von zu Hause aufbrachen.

»Was meintest du damit, als du sagtest: ›Wir müssen weiterdenken‹, bevor wir losgegangen sind?«

»Es gibt eine kleine Gruppe, die damals, als alle aufgegeben haben, weitergemacht hat. Du kennst ihn, den älteren Herrn, immer ganz korrekt gekleidet kam er zu den Demonstrationen und Kundgebungen, als sei das ein Festakt, wir haben ihn damals immer belächelt, Pape heißt er, Hans Pape, ›unser Paps‹ wird er heute oft liebevoll in der Gruppe genannt, und die Krawatten und Anzüge hat er abgelegt, als er in Rente ging, bei ihm treffen wir uns regelmäßig. Vier oder fünf Leute sind wir, mehr nicht. Jan aus meiner früheren Klasse ist auch dabei. Wir haben alle Informationen über den Militärstützpunkt zusammengetragen, die wir auftreiben konnten. Und wir haben beobachtet, was dort vorging. Bis hierher zu diesem Tor konnte man ja immer gehen. Und da sind uns ganz interessante Dinge aufgefallen. Nach gut einem Jahr haben wir festgestellt, daß sich weniger Militärfahrzeuge auf dem Gelände befanden. Und die Wachmannschaft war auch reduziert worden. Früher hatten hier immer fünf Privatfahrzeuge gestanden, die Autos vom Wachpersonal. Dann waren es nur noch zwei. Das hat uns stutzig gemacht. Wir haben versucht, die Gründe dafür herauszufinden. Das war ein gutes Stück Arbeit. Wo sollten wir nachfragen? Wir haben einen früheren Wachposten ausfindig gemacht und ihn gefragt, er hatte angeblich keine Ahnung. Er durfte ja auch keine Ahnung haben. Wir haben einen Brief an das zuständige Ministerium geschrieben. Der wurde bis heute nicht beantwortet. Schriftlich zumindest nicht. Hans hat es dann telefonisch probiert. Und da hat er etwas Interessantes erfahren: Man würde prüfen, ob man eine Reihe solcher Anlagen schließe und ihre Funktion anderen Stützpunkten übertrage. Das war vor zwei Jahren. Und seitdem setzen wir uns dafür ein, daß dieses Lager hier geschlossen wird. Allein die äußeren Zeichen deuten schon darauf hin, daß hier bald dichtgemacht wird. Und unsere Informationen sind mittlerweile auch recht zuverlässig.«

»Ich bin da etwas skeptisch, es gab schon zu viele Versprechungen, auch noch unmittelbar vor dem Baubeginn damals hatte ein Verantwortlicher gesagt, man werde das Vorhaben nochmals prüfen. Beruhigt hat er uns damit, und die Planungen gingen ungehindert weiter«, gab ich Hannes zu bedenken, »ich würde mich nicht so schnell wieder auf irgendwelche Aussagen und Versprechungen verlassen.«

»Das tun wir auch nicht«, warf Hannes ein, »wir werden so lange weitermachen, bis wir Gewißheit haben, und unsere Chancen stehen nicht schlecht. Aber wir sind auch schon weiter, mit unseren Überlegungen der Zeit ein Stück voraus. Was soll mit dem Gelände geschehen? Diese Frage spielt wieder eine wichtige Rolle.«

»Wie wollt ihr denn die Unmengen von Stahlbeton wieder aus dem Wald schaffen, das ist doch eine Illusion!«

Ich konnte mir einfach nicht vorstellen, wie aus dieser Betonwüste wieder ein Feuchtbiotop entstehen sollte.

»Das ist ein Problem«, sagte Hannes, »darüber haben wir

uns viele Gedanken gemacht. Das ist wohl wirklich eine Illusion. Aber es gibt eine Idee.«
Jetzt war ich gespannt. Hannes ließ mich noch ein wenig schmoren.
»Wir wollen etwas schaffen, was in der Zukunft Bestand haben wird. Und mehr noch. Es soll ein Stück Zukunft nicht nur symbolisieren, sondern auch sicher, und auf dieses *sicher* kommt es uns an, gewährleisten. Es wäre auch, wenn man es vom Standort her betrachtet, ein weithin sichtbares Zeichen für eine neue Zukunft.«
»Nun werd schon konkret«, drängte ich Hannes.
»Kannst du dir vorstellen«, er wies mit der Hand in die Richtung der Bergkuppe, »kannst du dir dort ein Windrad vorstellen? Möglicherweise auch zwei oder drei? Die Standortvoraussetzungen hier sind sehr geeignet, darüber haben wir schon ein Gutachten erstellen lassen.«
Hannes erklärte mir auf dem Heimweg das ganze Windrad-Projekt, wie sie es sich vorstellten, was sie bereits geplant hatten, wo sie noch Probleme sahen, aber auch Lösungsmöglichkeiten. Und er lud mich ein, an diesem Projekt mitzuarbeiten.

Gunter Preuss

Dem letzten Wanderer

Beim Lesen von Hermann Hesses »Die blaue Ferne« – Reisebilder und Naturbetrachtungen – kam mir ein Vers aus der Kindheit in den Sinn.

Zur Zeit der Leipziger Kleinmesse trieb ich mich mit Freunden zwischen den Karussells, Würstchenbuden, Geisterbahnen und Kasperletheatern herum. In dieser so anderen, farbigeren und abenteuerlicheren Welt trafen wir immer wieder auf einen weißbärtigen Alten im abgetragenen Zimmermannsanzug, der eiligen Schrittes auftauchte und wieder verschwand. Viele Gerüchte umgaben den Alten, es hieß, er würde von der Polizei verfolgt, wahrscheinlich ein Mörder, der nicht zu fangen war.

Wir Kinder suchten ihn mit Geschrei, und mit Geschrei rannten wir weg, wenn wir ihm plötzlich gegenüberstanden. Wir spielten wunderbar mit unserer Neugier und

Angst, wir suchten die vermeintliche Gefahr, um ihr dann zu entfliehen.
Einmal aber stellte uns der Alte an einer verfallenen Mauer zwischen dem Getöne der Kleinmesse und der Stille des Stadtwaldes. Er sah uns schweigend an, als hätte er Unbegreifliches vor sich, und dann sagte er stockend:

»Weiß nicht wie, weiß nicht was,
habe dies und will doch das.
Das alleine reicht mir nicht,
und jenes kitzelt, bis es sticht.
Es zieht mich weg, ich geh' dahin,
um zu fühlen, daß ich's bin.«

Ich habe den Alten nie wiedergesehen, und doch ist er mir noch manchmal begegnet, in anderer Gestalt, in Menschen, in mir selbst und in allerlei Spielarten des Lebendigen. Am nächsten bin ich ihm hier und da in *meinem* Hesse gekommen, diesem über seinen Schatten springenden Kind, das doch nur für flüchtige Augenblicke ins Sonnenlicht gelangen kann.
Das Leben Hesses, von dem er auch in seinen *Reisebildern* und *Naturbetrachtungen* ein tief- und weitsichtiges Zeugnis abgelegt hat, und sein gesamtes literarisches Werk vermitteln einen ebenso subjektiven wie objektiven Einblick in die so fragwürdige Schönheit des Lebens.
Er läßt uns die lichtvollsten Gipfel der Alpen erleben; aber Aufstieg und Abstieg führen über schillernde Gletscherspalten hinweg und an lauernden Abgründen vorbei.

Nach Indien flieht er wie ins *Gelobte Land,* aber auch darin kann er nicht heimisch werden, es ist längst besetzt vom Fortschritt, der aus Europa und Amerika kommt und der, dem *Neuen* verpflichtet, seine Zerstörungswut an jahrhundertealten Traditionen ausläßt.

Italien ist ihm lebensbegleitendes Sehnsuchtsmotiv, Venedig die Schwelle zum Traum, in dem Leben und Tod keine unüberwindlichen Gegensätze mehr sind, sondern ein geschwisterliches Paar, das den Inzest nicht scheut und sich seine Existenz außerhalb der Gesetze von Zeit und Raum einrichtet.

Hesse schreibt in sein »Venezianisches Notizbüchlein«: *Seit einigen Wochen hatte das Heimweh nach Venedig mich geplagt. Sooft ich an Venedig denke, war es wie ein mildes, warmes Lied, wie die Verheißung einer Liebesnacht, wie ein tiefer Klang voll schwelgerischer Schönheit und leiser, zart genossener Melancholie.* Und angekommen heißt es: *Nun bin ich wieder ganz zu Hause.*

Der Wanderer Hesse, dem die Welt kein Zuhause gibt, versucht, ein Zuhause in die Welt zu tragen. Er geht tief in seinem Denken und weit mit seinen Füßen, aber wo beides endlich einmal zusammenkommt, entstehen Kreisläufe, aus denen der Freund der Landstreicher und Taugenichtse im Frühjahr und Herbst immer wieder auszubrechen versucht.

Wohin? Wer das zu sagen wüßte, hätte die Lösung des Rätsels, das das Leben uns von Geburt an aufgibt. So geht der Wanderer eben dahin – Weiß nicht wie, weiß nicht was, habe dies und will doch das . . . –, und jede Erfüllung wird ihm zum Beweis seiner Unerfüllbarkeit. Es kann ihm auf seinen Wegen so manches Licht aufgehen, aber hell und warm wird es ihm nie. Selbst der heißeste Tag im Tessin, wo der strolchende Poet versucht, sich eine Bleibe zu geben, sich in den Vorgegebenheiten des Daseins einzurichten, kann in ihm keine Wärme gegen den unausweichlich heranrückenden Winter speichern.

So hangelt er sich auf seiner Lebensleiter durchs Dunkel von einem Lichtblick zum anderen: blutrote Himbeeren – das Indermädchen mit den traurigsten schwarzen Augen – die wunderlichen Stunden bei den Gräbern von Palembang – die Schmetterlinge von Kandy – Stifters Feldblumen – Tizians Aretino – Mozarts Zauberflöte – die Klarheit des Föhn – der alte Pfirsichbaum – das klagende Lied der Jodler – die tönerne Schale voll Rotwein, das Brot und der Ziegenkäse dazu ... Und Venedig, immer wieder Venedig – das Baden am Lido – die gotischen Palazzi – der Frühlingsmond über der Silhouette der Guidecca – auf dem Turm von San Giorgio Maggiore, um die Farbwunder der Lagune zu sehen ...

Das Wandern – eine fortwährende Flucht? Vor wem? Zu wem? Weg von den Menschen? Hin zu ihnen? ... Weiß nicht wie, weiß nicht was ...

Der Wanderer Hesse kann mit seinen Mitmenschen nicht glücklich werden, aber ohne sie fühlt er sich unglücklich. Er kann an sie nicht glauben, weil er zuviel von ihnen weiß, das ihm seine Selbsterfahrung nachdrücklich bestätigt. Vielleicht ist das »Experiment Mensch« die einzige Fehlleistung der Natur, die aber so schwerwiegend ist, daß sie

nicht eher ruhen wird, bis sie sich selbst und ihren Schöpfer aus der Welt gebracht hat.
Am stärksten mißtraut er den kränkelnden Intellektuellen, die sich so lange an Gott versuchen werden, um zu gesunden, bis sie ihn auf ihrer Intensivstation zu Tode pflegen.
Da steht er den erdverbundenen und seßhaften Bauern und Hirten näher und liebäugelt doch gleichzeitig mit den sich treibenlassenden Tagedieben.
Er läßt sich von der alten Eremitin Nina bezaubern, die beileibe keine Maria ist und über eine unbefleckte Empfängnis nur lachen und rufen könnte: »Sporca puttana! Möge sie der Teufel holen!«
Menschen wie Hermann Hesse können wohl nur in der »Blauen Ferne« leben, weil alles, dem sie zu nahe kommen, sie brennend berührt, daß sie ständig in Flammen stehen.
Wir können, ja, wir müssen sogar am Feuer leben, aber nicht in ihm. Und nur die Scharlatane speien es aus und laufen mit nackten Sohlen über glühende Kohlen.
Der Bürger aber hat sich das Feuer gezähmt und hält es im Kamin gefangen; er sitzt davor und pseudophilosophiert über die »gebändigte Kraft der Flammen«. Alles, was er benannt, eingeordnet und gesichert hat, bestätigt ihn. Ein über eine Wiese flatternder Falter ist ihm so lange suspekt, bis er ihn aufgenadelt und katalogisiert hat. Sein ist ihm Haben, und Haben heißt: Festhalten.
Und der Wanderer – . . . jenes kitzelt, bis es sticht . . . –, er flieht aus den erdrückenden Umarmungen des Nächsten, er bleibt ein Heimatloser auf der Suche nach einem Zuhause.

Ich weiß nicht, wie Hesse heutzutage gelebt hätte, ob er nicht doch, um auf einen grünen Zweig zu kommen, sich hätte an einem Ast erhängen müssen. Zu bedenken ist, daß er sich schon vor mehreren Jahrzehnten, als gerade das Auto die Straße und das Flugzeug die Luft zu erobern begannen, in die leise Schweiz zurückzog. Der Kraftmeier Deutschland, wie so oft im Gleichschritt lärmend und Entgegenstehendes niedertrampelnd, war ihm unerträglich geworden.
Aber auch hier in der Schweiz beginnen die reichen Reisenden den armen Wanderer zu verfolgen, er muß immer steilere Wege suchen, um ihnen zu entfliehen. Es wird ein Wettrennen zwischen Hase und Igel, und heute wissen wir, was Hesse ahnte: kein Gipfel ohne Würstchenbude und Andenkenstand, gleichgültig, ob sie aus Brettern zusammengenagelt sind oder in Beton fünf Sterne tragen.
Das Wandern, in der Weite die Nähe suchen, sich zur Einkehr ausleben, die Sehnsucht nach entfesselnder Gemeinschaft, das Einssein des Menschen mit seiner Natur, endete im Hammelherdentrieb der Menschen, bewacht von ihren Schäfern und deren Hunden. Die Natur wird nicht mehr entdeckt und geliebt, sie wird genommen, vergewaltigt und unterm Zivilisationsmüll begraben. Eine auf Gewinn ausgerichtete Menschheit läßt selbst ihre verrohtesten Exemplare in der Natur ihre Ersatzkriege spielen und ihre Siege feiern.
Also quo vadis, Wanderer Hesse? Wo du auch hinkommst, es stinkt tödlich nach Mensch.
Hermann Hesse war einer der letzten Wanderer, er mußte

selbst im hohen Alter nicht ankommen im Philisterland, das er mehr fürchtete als das Sterben und den Tod. Im Tessin, in seinem Haus in Montagnola, den gaffenden Reisenden zur Schau gestellt, versagen ihm die Füße zur Flucht, und anstatt der langen Wegstrecken müssen ihn die tiefen Gedankengänge retten. Er, der sein Leben lang versucht hat, aus sich herauszutreten, muß nun endgültig in sich selbst zurückkehren.

Unsere Sehnsucht nach einer anderen Wirklichkeit bestimmt unser Verhältnis zur Wahrheit. Die Reisenden tappen im Irrgarten der Wirklichkeit herum, sie machen ein Spiel daraus, die Wahrheit zu suchen, und grimassieren und buckeln vor den eigens dazu errichteten Zerrspiegeln. Der Wanderer aber läßt sich die Wahrheit nicht von der Wirklichkeit begrenzen.

In »Beschreibung einer Landschaft«, neunundsechzigjährig, kommt Hermann Hesse ein Bild des alten Sieneser Malers Simone Martini in den Sinn: *... auf dem ein Ritter einsam der Weite und Ferne entgegenreitet ...*

... Es zieht mich weg, ich geh' dahin,
um zu fühlen, daß ich's bin ...

Peter Grosz

Der Regenmacher

Es mußte an der Hitze liegen. 30 Grad. Im Schatten. Die Klassenzimmer waren trotz der heruntergelassenen Rolläden aufgeheizt. Seit nunmehr vier Wochen war kein Regentropfen vom Himmel gefallen, nur dieses Feuer. Die ungewöhnlich hohe Luftfeuchtigkeit machte das Atmen schwer. Jede Bewegung trieb den Schweiß aus den Poren. Es mußte an der Hitze liegen, daß sich alle auf den Nerv gingen. Noch drei weitere Wochen. Dann würde es endlich Ferien geben. Bis dahin aber lief auch im Unterricht die heiße Phase. Als hätten sich die Lehrer abgesprochen. Alle wollten noch schnell Noten machen. Klassenarbeiten, Tests, HÜs, mündliche Abfragen. Und über allem diese Gluthitze. Und kein Hitzefrei. Wegen der Fahrschüler. Und wegen der Busse, die nur zu festen Uhrzeiten fuhren. Nach Fahrplan. Das ließ der Schulleiter über die Klassenlehrer

mitteilen. Herr Wachsmann fügte noch etwas von Sachzwängen hinzu, und daß er jetzt auch lieber im Schwimmbad liegen würde.
Das muß man doch ändern können, das mit den Bussen und so, sagte Edgar.
Der Wachsmann wurde wütend. – Achguckeinerda! Ich wußte gar nicht, daß du überhaupt eine Stimme hast. Du meldest dich doch sonst nicht. Würdest du dich bitte also auch da raushalten!
Wieso? Edgar hatte sich ereifert. Früher, als noch nicht für alles ein Fahrplan erfunden war, gab es bei fast allen Naturvölkern Frauen und Männer, die in Dürrezeiten Regen machen konnten. Wieso kann man heute noch nicht einmal mehr einen dämlichen Busfahrplan ändern?
Mensch, Edgar, misch dich nicht ein in Dinge, von denen du nichts verstehst, hatte der Wachsmann gesagt. Und dann noch eins draufgesetzt: Offen bleibt, ob du überhaupt von irgend etwas auch nur die leiseste Ahnung hast!
Das hatte gesessen. Alle hatten ganz doll gewiehert, und Edgar hatte sich noch elender gefühlt, als es ihm ohnedies ging. Bei dieser Hitze. Bei seiner Körperfülle.
Daß ihn Wachsmann als dumm hinstellte, machte ihn traurig. Und stumm. Wo doch gerade Wachsmanns Bio-Unterricht ihm noch am ehesten Spaß bereitet hatte. Nicht weil er das alles verstanden hätte, was da besprochen wurde. Bei weitem nicht. Aber es hatte ihn neugierig gemacht.
Zuerst hatte er zu Hause das Bücherregal im Wohnzimmer durchstöbert, dann war er mindestens zwei Mal die Woche mit dem Fahrrad in die Stadtbücherei gefahren. Und er war

immer wieder auf ganz verrückte Dinge gestoßen, die ihm keine Ruhe mehr ließen.
Vielleicht hätte er jetzt Wachsmann zeigen sollen, was er alles draufhatte. Vielleicht hätte er vom Jupiter Pluvius der Römer erzählen sollen, vom Himmelsgott und Gewittergott, vielleicht hätte er von den Naturvölkern erzählen sollen und von ihrem besonderen Regengott, der manchmal als der höchste aller Götter angesehen wurde. Vielleicht hätte er von den oft so ähnlichen Zeremonien der Völker erzählen sollen, mit denen der Regengott um Regen gebeten wurde. Vielleicht hätte er jetzt erzählen sollen, was er alles über die Regenmacher wußte. Vom hohen Amt des Feticeiro oder Schamanen, von den Medizinmännern, von dem fremden Missionar, der als Himmelsdoktor verehrt wurde, nur weil er mehr wußte über die Entstehung des Regens als alle anderen. Oder sollte er von den Dodolas, Peperugas und Papalugas erzählen, die vor den Häusern singend und tanzend mit Wasser übergossen wurden, damit der langersehnte Regen fällt? Lieber nicht, da würden alle wieder nur bescheuert kichern und Ralph seine blöden Sprüche loslassen, weil auch erzählt werden müßte, daß diese Mädchen nur mit Laub und Blumen bekleidet herumgeführt wurden. Wachsmanns Gesicht sich vorzustellen, wenn Edgar jetzt sein Schwirrholz aus der Schultasche hervorholen würde, um es um den Kopf kreisen zu lassen wie ein alter Regenzauberer.
Na ja, so ganz ohne war das damals nicht gewesen, als er sich das Schwirrholz gebastelt hatte. So 'n bißchen Angst hatte er schon gehabt. Und vor seiner Mutter hält er es

heute noch gut versteckt. Man kann ja nie wissen. Wer will schon jemanden sterben lassen? Nur wegen so einem dusseligen Stück Holz. Immerhin hatte er das gelesen. Frauen und Kinder durften so 'n olles Schwirrholz nicht zu Gesicht bekommen.

Tagelang war er immer wieder am Aubach entlanggestreunt in der Hoffnung, das richtige Stück Holz zu finden. Wie die Apachen. Holz von einem Baum, der vom Blitz getroffen worden war. Die alte Hess, deren Garten an den Aubach anschloß, hatte ihn irgendwann gefragt, was er denn suche, und ihn dabei angeguckt, als wüßte sie es längst. Noch bevor er antworten konnte, hatte sie gesagt, daß weit draußen, wo der Aubach die Gemarkung hinter sich gelassen hat, eine verkohlte Weide stehe. Da hatte er sich ein Stück Holz mitgenommen, es sorgfältig zu einem Brettchen geschnitzt und dann ganz bunt mit verrückten Zeichen bemalt, die er in einem Buch gesehen hatte. Später war er fast jeden Tag am Aubach gesessen, hatte das Brettchen an einer Schnur um den Kopf kreisen lassen, bis dieser eigentümliche Ton erklang. Geregnet hatte es nicht. Manchmal nur hatte plötzlich die alte Hess am anderen Ufer des Aubachs gestanden und ihm zugelächelt. Mit einem Eimer hatte sie Wasser aus dem Bach gezogen und ihre Gemüsebeete gegossen. Dabei hatte sie vor sich hin gemurmelt. Nur einmal hatte Edgar geglaubt, einen Satz zu verstehen: Der Regenmacher kommt.

Nein, er würde nichts erzählen. Und schon gar nicht von der Fontaine de Barenton und den Legenden um Lancelot und die Ritter der Tafelrunde. Nichts von der Zauberquelle von Barenton im Wald von Broceliande, wo der Zauberer Merlin

von der Fee Viviane in den ewigen Schlaf verwünscht wurde. Nichts von der Kraft des Wassers. Ein paar Tropfen auf den Stein des Merlin neben der Quelle gesprüht – und schon ertönen Schreie, die den Wald erzittern lassen, Drachen fegen in einem ungeheuerlichen Brand durchs Gehölz, Regenstürme wüten und überschwemmen das Land.
Noch drei Wochen, dann würde er an der Zauberquelle stehen, den Fuß eines Kreuzes ins Wasser tauchen und den Stein Merlins besprühen, auf daß es endlich regnet.
Als seine Eltern gefragt hatten, wo's denn hingehen soll mit dem Wohnwagen in diesen drei Wochen Urlaub, da hatte er sofort gesagt: Bretagne, eine Woche im Wald von Broceliande und zwei Wochen am Meer. Ein Meer, das kein Meer ist, sondern der Ärmelkanal. Morgens raus, über die hohen Sanddünen hinweg, und das Meer suchen, weil die Ebbe es weit hinausgezogen hat, fast bis zum Horizont. Und dann barfuß durchs Watt laufen, zwischen den verrückten Felsungetümen umherstreunen, am Ende der Welt, und Ausschau halten nach Krebsen, Schnecken und Muscheln, die in den Felsspalten und unter riesigen Algenhaufen auf die Rückkehr des Meeres warten.
Edgar war noch nie dort gewesen, aber er hatte viel darüber gelesen und viele Bilder gesehen. Er konnte es sich genau vorstellen, sogar riechen konnte er es, die salzige, jodhaltige Brise, den frischen Algenduft. Und hören konnte er das Ity der Schwalben und den Schrei der Schnepfen und Wildenten. Ät. Ät. Ät.
Edgar! Eeedgar! Würde es dich sehr stören, wenn wir jetzt mit dem Unterricht fortfahren?!

Wachsmann ordnete mit gespreizten Fingern einen Stapel Blätter zu einem akkuraten Packen und blickte ernst über den Brillenrand hinweg in den Klassensaal.
Also das ist euer Test. Die Note ist entscheidend für das anstehende Zeugnis.
Als das Rumoren in der Klasse lauter wurde, erhob Wachsmann seine Stimme.
Ich muß sagen, daß ich im allgemeinen ganz zufrieden bin, vor allem hat sich bestätigt, daß diejenigen, die in der Umwelt-AG mitmachen, Vorteile haben im Vergleich zu denen, die für dieses Angebot kein Interesse zeigen.
Edgar hatte den Eindruck, daß Wachsmann ihn dabei ansah. Aber es beunruhigte ihn nicht sonderlich. Er hatte sich nicht zur Umwelt-AG angemeldet, aber das hatte Gründe. Zum einen wollte er nicht auch noch freiwillig mit Ralph in einer Gruppe sein, zum anderen hatte er ja kaum noch Zeit, all das zu lesen, was ihn interessierte. Daß ihm einiges, was die AG so tat, nicht logisch erschien, hatte er für sich behalten. Was half es denn, Mülltonnen zur Sammlung von Getränkedosen aufzustellen? Wichtiger wäre es doch gewesen, daran zu arbeiten, daß keine Dosen mehr auftauchen.
Um den Test machte er sich keine Sorgen. Der mußte gut ausgefallen sein. Noch nie war er sich so sicher gewesen. Noch nie war ihm eine Arbeit so leicht gefallen. Offenbar leichter sogar als Josha, der neben ihm saß und der sonst immer alles wußte. *Der Kreislauf des Wassers.* Er hatte alle Fragen richtig beantwortet und sogar noch Zeit gehabt, Josha das Blatt so hinzudrehen, daß der das eine oder andere abschreiben konnte. Also cool bleiben.

In einem Fall allerdings bin ich unglaublich verärgert, sagte Wachsmann. Ich habe größtes Verständnis dafür, daß einer etwas nicht weiß, weil ihm so 'n bißchen das Interesse für den Stoff abgeht. Täuschungsversuche aber machen mich wütend.
Jetzt sah er Edgar direkt an, und seine Augen funkelten böse.
Edgar, deine Arbeit ist im Vergleich zu deinen sonstigen Leistungen zu gut, du hast offensichtlich bei Josha abgeschrieben, dafür gibt es die Note Sechs.
Edgar fühlte, wie ihm der Sog den Sand unter den Füßen wegzog.
Nein, wollte er schreien, aber kein Ton kam. Er öffnete nur immer wieder den Mund, als schnappe er nach Luft, rutschte unruhig hin und her, zuckend und stumm. Und Josha sah unter sich, rückte die Ungeheuerlichkeit nicht zurecht.
Das habe ich zur Begründung der Note auch unter deine Arbeit geschrieben, sagte Wachsmann und ging dazu über, die Arbeiten auszuteilen.
Edgar gab es auf, nach seiner Stimme zu suchen. Das Zucken verlor sich, auch nach Luft schnappte er nicht mehr. Apathisch sank er in seinem Stuhl zusammen. Regungslos und leer.
Wachsmann würdigte ihn keines Blickes. Die anderen waren zu sehr mit sich und ihren eigenen Noten beschäftigt, als daß sich einer um ihn gekümmert hätte. Wenigstens die üblichen Hänseleien blieben ihm erspart. Bis zur Pause.
Edgar hielt sich im Foyer hinter dem Aquarium auf. Hörte

Wachsmann am Getränkestand des Hausmeisters mit Schülern herumflachsen. Edgar sah den Fischen zu, die wild nach den Luftbläschen auf den Blättern der Wasserpflanzen schnappten. Plötzlich stand Ralph vor ihm, im Schlepptau die übliche Clique. Ralph fuchtelte mit einer Coladose vor Edgars Nase herum.

Na, auch was trinken, Fischkopp?!

Als Edgar nicht reagierte, drehte Ralph sich halb zu den anderen um und sagte: Ooch, kuck mal, unsere runde Mogelpackung, unser kleiner, dicker Regenmacher, macht ein Gesicht wie drei Tage Regenwetter!

Die Jungen, die näher gerückt waren, quiekten vor Schadenfreude, und Ralph setzte nach.

Hey, Der-mit-dem-Regen-tanzt, willst du uns nichts vortanzen?!

Mister Rainman, Mister Rainman . . . sangen die anderen und klatschten rhythmisch in die Hände. Ralph aber schüttelte die Coladose, drückte den Daumen auf die Öffnung und sprühte den klebrigen Inhalt über Edgar. Edgar sprang nach vorn, wollte Ralph die Coladose entreißen, erwischte Ralph nur an den Schultern, stieß ihn weg. Ralph stolperte über die Beine der Herumstehenden, taumelte und fiel gegen das Aquarium. Dann war da nur noch die Zeitlupe ohne Ton. Das Aquarium kippte, rutschte seitwärts vom Ständer und schwebte langsam zu Boden. Als es aufschlug, war auch der Ton wieder da. Das Klirren sprang von den Foyerwänden zurück und ihm in die Ohren. Die Fische schlitterten über den Boden, Mädchen sprangen aufschreiend zur Seite. Iiiih, Glitschiges!

Dann war der Ton wieder weg. Wachsmann tauchte wild gestikulierend am Rande der großen Lache auf, scheuchte die Schüler beiseite. Edgar sah die großen Augen der Fische, ihr stummes Schnappen, das verzweifelte Schlagen der Schwanzflossen, das sinnlose Aufbäumen, und ihm wurde schlecht dabei. Als plötzlich ein Eimer mit Wasser herangebracht wurde, ergriff er einige Fische und ließ sie ins Wasser schnellen. Wachsmann faßte ihn am Arm, zischte ihm mit hochrotem Kopf etwas zu und stieß ihn zurück. Erst das Klingeln brachte den Ton wieder und trieb die feixenden Schüler in die Flure. Wachsmann hatte alle Fische eingesammelt, stand nun vor Edgar und sagte:
Du bist also nicht nur hinterlistig, sondern auch gewalttätig. Gut. Nur daß unschuldiges Leben unter deiner Aggressivität nicht leiden darf, das werde ich dir noch beibringen. Abgesehen von dem eventuell auch finanziellen Nachspiel, über das die Schulleitung zu befinden hat, wirst du mir bis zum Ferienbeginn eine umfassende Strafarbeit abliefern unter dem Titel »Das schützenswerte Leben im Aubach«. Und jetzt geh mir aus den Augen!

Es mußte an der Hitze liegen, daß er keinen Einstieg fand. Nun schon der dritte Tag am Schreibtisch. Ohne Erfolg. Der Aubach. Strafarbeit. Das Leben. Das schützenswerte. Da war doch was falsch. Der Titel behauptete, daß es neben dem schützenswerten Leben auch Leben im Aubach gab, das nicht schützenswert war. Das kann der Wachsmann so nicht gemeint haben. Die Aufregung, na klar. War ja auch eine Riesensauerei. Das mit dem Aquarium. Gott sei Dank

hatten die Fische das überlebt. Alle wieder putzmunter. In dem neuen Aquarium. Das Nachspiel vor dem Schulleiter ließ noch auf sich warten. Konnte Edgar nur recht sein. Nur der Wachsmann würde nicht warten.
Die Strafarbeit. Wo beginnen? Der Aubach. Das war kein munter dahinplätschernder Bach, nein, ein fast stehendes Gewässer, das nur nach heftigen Regengüssen ins Rauschen geriet.
Womit aber beginnen? Vielleicht mit den schillernden Libellen, die wie bunte kühne Helikopter durch die Gegend schwirren und nicht erahnen lassen, wie häßlich sie doch noch vor kurzem als Larven im Wasser hinter Wasserinsekten und kleinen Kaulquappen her waren, um sie zu fressen. Oder mit den Bachflohkrebsen, die mit ihren Kiemen den Sauerstoff auffangen, den die Wasserpflanzen abgeben, wenn die Sonne scheint. Und die scheint ja nun ganz kräftig. Oder mit den kleinen Fröschen, die zum Luftholen auftauchen müssen. Oder mit den Rückenschwimmern, die mit dem Schwanz die Luftbläschen einfangen. Oder mit dem Wasserskorpion, der hinten einen langen Schnorchel hat, mit dem er atmen kann. Mit den schwarzen Plattwürmern. Oder doch mit den Schnecken, die von der Wasseroberfläche herabhängen und die Welt verkehrt rum angucken. Oder mit der Larve der Köcherfliege, die sich aus Stöcken und Blättern sogar ein kleines Haus baut. Oder mit den Insekten mit den langen dünnen Spinnenbeinen, die auf dem Wasser an den Binsen und Seggen vorbeihuschen wie lautlose Eisschnelläufer. Oder mit den Wasserpflanzen, die unter Wasser ganz anders aussehen als über Was-

ser. Mit den flauschigen Rohrkolben, die aus dem Schilf ragen. Oder mit den kleinen Seerosen, die es allerdings nur da gibt, wo der Garten der alten Hess auf den Bach stößt. Oder sollte er doch eher mit der Beschreibung des Ufers beginnen? Also mit dem, was den Bach begrenzt. Da wären, solange der Bach in der Gemarkung verweilt, auf der einen Seite nur die Felder und auf der anderen die sieben Gärten, die da anschließen. Sechs kleine und ein ganz großer. Das ist schon kein Garten mehr. Das ist eine Gärtnerei. Eine Großgärtnerei. Sechshundert große Schritte breit. Hatte er mal gemessen. Nur da ist der Bach nicht schön. Da haben die so 'n olles langes Betonbecken hineingeklotzt, und der Motor einer großen Tauchpumpe macht seit Tagen ordentlich Krach. In der Gärtnerei regnet es, wo's doch nirgendwo sonst regnet. Ein künstlicher Regenmacher. Nur für die Gärtnerei.

Als er sich gestern das ganze genauer angesehen hatte, war plötzlich der Gärtner auf der anderen Seite gestanden, an der Leine einen großen Hund. Das nervige Gekläffe hatte die paar Enten verscheucht, die im Wasser dösten, und der Gärtner hatte Edgar angeschrien.

Hab genug Ärger mit euch! Wirbelt mir mit eurem Geplansche jedesmal den Bach auf und verstopft mir damit die Pumpe. Verschwinde, dalli dalli, oder ich laß den Hund los!

Stimmt gar nicht. Edgar war noch nie in den Bach gestiegen, auch wenn es ihm bei dieser Hitze schon mal danach gewesen war. Nur hatte er sich immer vorgestellt, wie viele Tierchen er dabei zertrampeln könnte. Das wollte er nicht.

Also gut. Vom Schreibtisch aus ging das mit dem Anfang schon mal gar nicht. Da mußte er sowieso noch einmal hin. Auch wenn's heute so heiß war wie noch nie. Er nahm seinen Schreibblock und einen Stift und marschierte los.
Von weitem schon hörte er so 'n komisches schlürfendes Geräusch, und er hatte unwillkürlich die Stimme seiner Mutter im Ohr.
Wenn du nicht ordentlich trinkst, nehm ich dir den Strohhalm weg!
Als er dann vom Feldrand aus sich durch die Hecken gezwängt hatte und in der Höhe des Gartens der alten Hess aus dem Gestrüpp auftauchte, traute er seinen Augen nicht. Der Bach war weg. Bachaufwärts saugte sich die schmatzende Pumpe des Gärtners gerade mit Schlamm voll. Zum Rand des Bettes hin waren die Wasserpflanzen schon verdorrt. Die Seerosen klebten welk im Schlamm. Frösche hüpften irr umher. Schnecken krochen dahin, wo es noch feucht war. Im Schlamm zappelten ein paar kleine Stichlinge. Am anderen Ufer stand die alte Hess, der Eimer umgekippt im Gras, schaute starr in den Bach und schüttelte immer wieder den Kopf. Edgar konnte ganz deutlich hören, was sie sagte, als sie mit gebeugtem Rücken hinter den Bäumen verschwand.
Der Regenmacher. Jetzt hilft nur noch der Regenmacher.
Edgar stolperte zur Gärtnerei hin, dahin, wo die graue Betonwand aus dem Bach ragte, hinter der die Pumpe sich abmühte. Mit großen Schritten kam der Gärtner angerannt, fluchte laut und stellte den Motor ab.
Sie haben den Bach gestohlen, schrie Edgar.

Halt's Maul und verschwinde, brummte der Gärtner, ich hab genug Ärger.
Sie haben alles kaputtgemacht, schrie Edgar noch lauter.
Was kann ich dafür, wenn's nicht regnet, brummte der Gärtner, während er sich an der Pumpe zu schaffen machte. Das ganze Gemüse geht mir ein bei der Hitze.
Aber das dürfen Sie nicht! Sie dürfen nicht den Bach leer pumpen. Der Bach gehört nicht Ihnen, sagte Edgar.
Halt dich da raus, Rotznase. Was weißt du schon! Und ob ich das darf. Dieses Auffangbecken hat mir sogar die Gemeinde selbst gebaut, weil sie mitverdient, wenn ich was verdiene.
Sie machen Leben kaputt, obwohl Sie von der Natur leben, schrie Edgar und wußte nicht, warum er dem Heulen nahe war.
Hau bloß ab, Klugscheißer, sonst hetz ich den Hund auf dich, zischte der Gärtner. Dann pfiff er durch die Finger, und vom anderen Ende des Gartens kam der Hund auch schon angerannt.
Edgar war davongelaufen, durch das dornige Gestrüpp hindurch und am Feldrand entlang, und er war auch dann nicht stehengeblieben, als er ein furchtbares Stechen in der Seite verspürte. Erst vor dem Glasfenster in der Eingangshalle des Rathauses hatte er angehalten, weil ihn eine quäkende Stimme aus dem Lautsprecher dazu gezwungen hatte.
Wo willst du denn so eilig hin, junger Mann?
Zum Bürgermeister, keuchte Edgar.
Da haben wir aber Pech heute, sagte die Frau hinter der

Glasscheibe. Der ist nicht da. Aber vielleicht kann dir sonst wer helfen. Wo brennt's denn?
Der Bach, der Gärtner hat den Bach gestohlen, alles kaputt, die Fische, die Seerosen der Frau Hess, die Frösche und alles . . .
Die Frau hinter der Scheibe sagte: Ganz ruhig, mein Junge. Das haben wir gleich.
Sie nahm den Telefonhörer auf. Was sie sagte, konnte Edgar nicht hören. Als sie aufgelegt hatte, wandte sie sich wieder an ihn.
Erster Stock. Zimmer 113. Herr Grün wartet auf dich.
Zum ersten Mal lächelte sie.
Edgar stürmte die Treppe hoch. Vor Zimmer 113 stand ein etwas verschwitzter und mürrisch dreinschauender Mann.
Was machst du denn für 'ne Hektik bei der Hitze? sagte er, tupfte sich mit einem Tuch über Stirn und Nacken und schob Edgar ins Zimmer auf einen Stuhl. Da war Edgar nicht mehr zu halten. Kam alles ein bißchen durcheinander, aber irgendwann wurde der Mann ganz aufmerksam.
Darf der das denn? Darf der alles kaputtmachen im Bach, fragte Edgar noch immer außer Atem.
Die Wasserentnahme aus dem Bach ist grundsätzlich frei, das stimmt, sagte der Mann. Nur darf es natürlich nicht zur Bach-Austrocknung kommen. Wir werden der Sache sofort nachgehen. Um das Öko-System wieder ins Gleichgewicht zu bekommen, können wir nur darauf hoffen, daß es bald regnet. Schreib mir jetzt mal deinen Namen und deine Adresse auf, wenn wir noch Fragen haben, melden wir uns wieder.
Der Mann stand auf und kam lächelnd auf Edgar zu.

Herzlichen Dank auch für diese für uns alle wichtige Information, sagte er und reichte Edgar die Hand.

In der Nacht träumte Edgar ganz verrücktes Zeug. Er wälzte sich im Schlamm, japste nach Luft, stumm und zuckend, Fisch unter Fischen, und ganz weit weg stand die alte Hess, starrte ihn an und murmelte ohne Unterbrechung: Der Regenmacher. Jetzt hilft nur noch der Regenmacher.
Schweißgebadet war er aufgewacht.
In der Schule hatte er nichts erzählt. Er war auch nicht mehr zum Aubach gegangen. Das Elend hatte er nicht noch einmal sehen wollen. Er hatte nur jeden Morgen die Zeitung gelesen und in den Himmel geschaut, ob denn nicht doch eine Wolke auftauchte.
So waren die letzten Tage vergangen. Die Strafarbeit hatte er nicht geschrieben. Worüber hätte er auch schreiben sollen, jetzt, wo der Bach tot war. Am letzten Schultag würde der Wachsmann die Strafarbeit einfordern. Vielleicht würde ihm Edgar dann von allem erzählen, vielleicht auch nicht. Wahrscheinlich würde ihm Wachsmann, wenn er ihm nichts erzählte, eine zweite Strafarbeit aufgeben, aber das sollte ihn nicht jucken.
Und dann war der letzte Schultag endlich da. Vor dem Frühstück hatte Edgar, wie immer in den letzten Tagen, die Zeitung hereingeholt. Die Mutter vertiefte sich wie immer als erstes in die Geburts- und Todesanzeigen, der Vater in den allgemeinen politischen Teil, und Edgar blieb der Lokalteil, der ihn sowieso am meisten interessierte. Als er die erste Seite sah, erschrak er.

Angezapfter Aubach versiegte, stand da. Und im Untertitel: *Schüler deckt Umweltskandal auf. Aubach auf 500 Meter ausgetrocknet. Geldbuße statt Strafe für den Gärtner.* Edgar wurde es ganz heiß. *Das Problem ist seit 25 Jahren bekannt, aber keiner wagt sich auf politischer Ebene dran,* stand da. Und daß ein Schüler die Politiker endlich zum Handeln gebracht habe. *Eine neue Rechtsverordnung aufgrund des § 24 des Gesetzes zur Ordnung des Wasserhaushaltes steht vor der Veröffentlichung. Die Entnahme von Wasser aus Gewässern dritter Ordnung mittels Einsatz technischer Geräte wie Schlauchleitungen, Wasserleitungen, motorbetriebene Wasserpumpen usw. ist künftig untersagt.*
Weiter konnte er nicht lesen. Alles verschwamm ihm vor den Augen. Der Aubach war gerettet. Nie wieder würde so etwas Schlimmes passieren können. Er hätte schreien können vor Freude, aber er schwieg.
In der Schule ging es ihm gut. Die üblichen Hänseleien ließen ihn kalt. Nur als in der Klassenleiterstunde die Zeugnisse ausgegeben waren, bekam er ein mulmiges Gefühl. Gleich würde Wachsmann nach der Strafarbeit fragen.
Als hätte er's geahnt.
Na gut, sagte Wachsmann, so hätten wir alles geklärt, bis auf eines. Edgar, ich weiß nicht, wie du dich jedes Jahr über die Hürde mogelst, aber eines steht noch aus . . .
Da aber klopfte es an der Tür, und dann stand der Schulleiter im Raum. Mit ihm ein fremder Mann, der ganz interessiert in die Klasse schaute.
Der Schulleiter sagte irgend etwas zum Wachsmann. Wachsmann hörte mit skeptischer Miene zu, zog ungläubig die Augenbrauen hoch und sah verstohlen zu Edgar hin.

Da hatte Edgar gewußt, was los war.
Der Schulleiter stellte den fremden Mann vor. Das sei der Bürgermeister, der sich persönlich bei einem Schüler bedanken wolle für dessen umweltbewußte Initiative. Edgar hörte seinen Namen, und er mußte sich festhalten, um nicht vom Stuhl zu kippen, so schlecht war ihm auf einmal. Er hörte nur, wie der Bürgermeister etwas von Rettung des Aubachs sagte, worüber ja auch schon die Zeitung berichtet habe, etwas vom dringend notwendigen Regen und von der neuen Rechtsverordnung und von einer schönen Belohnung, Ballonfahrt, um die Schönheit der Gegend auch mal von oben zu sehen.
Abschließend sagte er: Hier geht es im kleinen nur um den Aubach, aber da muß man beginnen mit dem Umweltschutz und nicht erst, wenn alle Meere hoffnungslos mißbraucht und geschädigt sind.
Alle hatten Edgar angestarrt, als erwarteten sie von ihm, daß er jetzt aufstehe und etwas sage. Hinter dem Bürgermeister stand plötzlich die alte Hess, sie lächelte ihm zu, und durch die auffliegende Tür ritt stöhnend Lancelot in glühender Rüstung. Edgar griff in seine Schultasche, zog das Schwirrholz hervor, stand auf und ließ es kreisen, bis der eigentümliche Ton von den Wänden zurückprallte und sich mit einem neuen Ton zu einer wehen Melodie vereinigte.
Draußen, vor den Fenstern, begann es zu regnen.

ELISABETH ZÖLLER

Wir Menschen

Je mehr wir von Frieden reden,
desto weniger machen wir ihn.

Je mehr die Reichen haben,
desto weniger haben die Armen.

Je mehr wir informiert werden,
desto geringer werden unser Wissen
und unsere Weisheit.

Je mehr wir von Liebe reden,
desto mehr handeln wir als Egoisten.

Das ist unsere Welt. Das sind wir. Voller Paradoxien.
Und was können wir tun? Wir? Jeder einzelne?

Wir können mit uns den Frieden versuchen und mit dem andern.
Wir können viele Arme reicher und viele Reiche ärmer machen.
Wir können uns wissend machen und weise.
Wir können menschlich handeln und damit Vertrauen ausstreuen.
Damit viele sich wieder trauen:

querzudenken,
nein zu sagen,
ja zu sagen,
Utopien zu bauen.

Ganze Häuser aus Utopien,
in denen wir wieder leben können
mit Pfeilern aus Hoffnung.

WIR MENSCHEN

WOLF SPILLNER

Lüge, bis ins Gesetz

Jurassic Park«, der Film von Steven Spielberg, war ein weltweiter Renner, ein finanzieller Großerfolg, zumal er auch Auslöser für eine marktwirtschaftliche Nachfolgekampagne war. Kaum ein deutsches Kind konnte oder wollte sich dem jähen Dinofieber entziehen. Es war ja auch faszinierend, was uns die Trickkünstler des Medienbereiches vorführten: Ausgestorbene Großlebewesen tauchen wieder auf. In der Gegenwart! Alles scheint möglich zu sein.

Wodurch, wann und unter welchen Umständen sind sie eigentlich ausgestorben, die Dinos? Die kleinen, scheinbar unspektakulären und die gewaltigen Brachios und Tyrannos? Darauf bleibt die Wissenschaft eine schlüssige Antwort noch schuldig. Gewiß aber ist: Die Saurier starben aus! Hier wäre in eine Klammer zu setzen: Kein Wissenschaftler von Gnaden wird sie jemals aus Genen wieder erwecken, die mutmaßlich in frühzeitlichen Zweiflüglern vom Bernsteinharz ummantelt wurden. Klammer zu!

Was hat dies zu tun mit gegenwärtiger Betrachtung unserer Mitwelt, die wir anmaßend Umwelt benennen? Wir, die wir uns zum eigentlichen Mittelpunkt der Welt, des Universums machen?

Immer suchten und fanden wir Erklärungen für unser Denken und Tun, geistige Gehhilfen, Krücken. Die großen Mythen, relativ jung noch. Was sind schon zwei- oder dreitausend Jahre?

Damals hatten wir die Götter ja noch, auf dem Olymp versammelt. Gottvater Zeus als Großer Vorsitzender. Er besaß ein Monopol! Es war seine Macht. Der göttliche Blitz, das Feuer!

Die Mythen, von Menschen ersonnen, sie künden davon, daß ein Adler den Donnerkeil des Herrschers in seinen Klauen getragen habe. Er zündete den Blitz zu des Feuers Macht.

Feuer als Vorrecht des Obergottes. So weit, so gut. Lang ist es her, bis es den literarisch vielfach erwähnten Dissidenten gab, den oft besungenen. Auch der spätere Geheime Rat Johann Wolfgang nahm sich seiner an. »Bedecke deinen Himmel, Zeus . . .«

Eine scheinbar kecke Forderung gegen den obersten Weltenlenker.

Prometheus!

Goethes Prometheus war bis zum Herbst 1989 ein beliebtes Aufsatzthema zum Abschluß der 10. Klasse an den Poly-

technischen Oberschulen zwischen Kap Arkona und Fichtelberg. Vielleicht entsinnen wir uns: Das Gebiet hieß DDR. Wenn ich mich recht erinnere, gab es in all den Aufsätzen über Jahre zum Prometheus allerdings keine Arbeiten, die das Wesentliche des Vorgangs zum Thema wählten, nämlich den Aspekt eines in die Mythologie verlegten Verrats an Hochtechnologie. Aber dies war es doch. Ein hochkarätiges Verbrechen, gegen das sich Militär- und Industriespionage der jüngeren Vergangenheit geradezu lächerlich ausnehmen. Sie sind – bis in heutigen Tag! – Business as usual! Der Titanensohn Prometheus, er brach, ungeheuerlich für die scheinbar festgefügte Götterwelt, ein Monopol! Er schmuggelte das göttliche Feuer vom Blitz des Übervaters in einer hohlen Pflanzenstaude herab zum niederen Menschengeschlecht. Entsprechend gestaltete sich der weitere Weltverlauf. Die Erde der Nichtgötter veränderte sich. Die Menschen nutzten das zuvor einzig göttliche Feuer nicht nur dazu, rohes Lammfleisch von Hellas zu köstlichen Braten oder später dann argentinische Rinder in weniger köstliche Hamburger zu verwandeln. Es brannte in den Öfen von Auschwitz. Der geraubte Blitz schlug nieder über Hiroshima und Nagasaki. Er zündete in Tschernobyl. Die Fackel des Prometheus brannte lebensverpestend über den Ölfeldern von Kuweit. Die Liste anderer, vergleichbarer Vorgänge ist lang. Die ungeheuer weltverändernden Erfindungen der Herren Otto, Daimler und Diesel dürfen darin nicht fehlen!
Mythen sind das eine, Wirklichkeit das andere. Nur scheinbar haben sie nichts miteinander zu tun.

Eine Wirklichkeit der vollendeten Gegenwart hieß DDR. Ein widersprüchliches Gebilde, entstanden als Resultat eines von Deutschen begonnenen und glücklicherweise verlorenen Krieges. Ein Staat, zwar international anerkannt und dennoch zu Recht beklagt ob seiner Demokratiedefizite und heftigster Umweltschäden. Die Uranhalden um Aue, die Chemieverseuchungen um Bitterfeld, das katastrophale Waldsterben im Osterzgebirge. Schadstoffausstoß aus Großfeuerungsanlagen der Braunkohlenkraftwerke in Weltspitzenposition. Sattsam und traurig bekannt nicht erst seit Grenzöffnung im November 89. Ein schieres Katastrophengebiet, scheinbar!
Scheinbar, denn gleichermaßen war – aus sehr unterschiedlichen Gründen, wozu auch Naturschutzrecht und ein schon vorhandenes System oft großflächiger und wissenschaftlich betreuter Naturschutzgebiete zählten – östlich der bis dato so unerfreulichen Grenze eine Fülle von Naturräumen vorhanden, von deren natürlicher Ausstattung an Pflanzen und Tieren Altbundesrepublikaner nur träumen konnten. In einem fast unglaublichen Kraftakt, in der einmaligen geschichtlichen Situation, daß ein Staat von sich selbst Abschied nahm, gelang es allein in Mecklenburg-Vorpommern binnen Jahresfrist gleich drei Nationalparks und dazu noch sieben weitere Großschutzgebiete gesetzlich zu definieren. Ähnlich sieht es in den anderen neuen Bundesländern aus.
Bald darauf schrieben mir Freunde aus dem Schwabenland und vom Niederrhein. Voller Begeisterung kündeten sie ihren Besuch an. »Jetzt fahren wir mit Fahrrädern durch

Mecklenburg«, ließen sie mich wissen. »Endlich können wir all die Tiere und Pflanzen sehen, die so sehr vom Aussterben bedroht sind. Die stehen bei uns auf den Roten Listen. Ihr habt sie noch!«

Sie kamen, die Freunde, und sie kommen noch immer, und das erste, was ich jeweils von ihnen sehe, das sind ihre Fahrräder. Sie scheinen zu schweben. Über der Weißdornhecke um meine dörfliche Behausung, kopfüber zumeist. Sie werden von Fahrzeugen getragen, die dem verblichenen Trabant aus Zwickau (wer kann sich erinnern?) verwandtschaftlich so fern scheinen wie die Fischadler über meinem See dem Urvogel Archaeopterix aus dem Solnhofer Schiefer. Sie sind in der Regel siebenmal stärker als ein »Trabbi« und auf Autobahnen wohl doppelt so schnell und zugegebenermaßen von verführerischer Ästhetik. Und, nicht zu vergessen, sie sind »umweltfreundlich«! Das jedenfalls versucht ein Ableger der Neuen Weltordnung aus Rüsselsheim (und Eisenach!) allabendlich auf dem bunten Bildschirm zu suggerieren. Dazu rauscht im Bilde ein großer, klarer Wasserfall. Wir schützen die Natur, heißt die abendliche Lüge. Die Werbestrategen aus dem Land einer echten Revolution (im Herbst 89 wurde ihrer zum 200sten Male gedacht!) verlegen ihr »Auto des Jahres« gar gleich ins Paradies. Göttlicher Vater, was ist dein Versuch mit dem Lehmkloß dagegen!

Aber ich bin ja nicht im Paradies, sondern in Mecklenburg. Vor meinem Fenster fliegen die Adler, hinter dem Haus trompeten die Kraniche, und die Rotbauchunken wetteifern mit Laubfröschen in nächtlichen Wassern der eiszeitlichen Sölle um Stimmanteile. Sie alle haben auf den Roten

Listen der vom »Aussterben bedrohten Arten« oberste Spitzenplätze. Die Freunde waren und sind entzückt und begeistert. Sie werden dann irgendwann auch einmal ihre »bikes« (lernt Englisch im plattdeutschen Rundfunk!) von den Dächern ihrer Autos nehmen. Sie werden gewiß auch an der Boddenkette, auf »Deutschlands schönster und größter Insel«, oder an der Müritz radeln. Jeweils ein paar Kilometer. Das ist gewiß sehr schön. Weniger schön wird ihre Heimfahrt auf langen Autobahnen. Sie schreiben dann, daß sie im Stau steckten. Das klingt sehr vorwurfsvoll. Dennoch, sie sind so sehr begeistert von der reichen Natur in Mecklenburg und in Vorpommern auch. Ehe sie abfahren, blicken sie mich eindringlich an. Sie sagen die schönen Worte: »Jetzt müßt ihr aber sehr aufpassen!« Ein guter Satz. Ich habe ihn bis zum heutigen Tag im kalten Frühling 1994 zu oft schon gehört, von meinen lieben, sanften Touristen. Ich frage schon gar nicht mehr, wie sie denn sehr aufgepaßt haben, vierzig Jahre lang unter ihren Bedingungen, die so viele »vom Aussterben bedrohte Arten« erbracht haben.
Der neuerlich so häufig beschworene Satz vom sanften Tourismus ist nichts anderes als die Fortsetzung schon existenter, schon nicht mehr wahrgenommener Lügen! All die sanften Touristen kommen nicht mit dem Faltboot vom Niederrhein, sie kommen nicht mit dem Fahrrad aus dem Cleverle-Ländle in das für sie so ferne und scheinbar naturnahe Mecklenburg-Vorpommern. Sie kommen, wie erwähnt, mit der PS-starken, weltverändernden Technik der Herren Otto und Diesel gefahren. Jene, die sich – vielleicht – der neuen Bahn AG anvertrauen, sind eine

winzige Minderheit. So werden wir zwangsläufig, und Mehrheiten sprechen dafür, fast alle bereits erkannten Fehler an Betonierung und Asphaltierung der Landschaft aus alter Bundesrepublik im Lande Mecklenburg-Vorpommern wiederholen. Gewiß, der größte deutsche Automobilklub, die größte deutsche Massenorganisation mit mehr als 12 Millionen Mitgliedern (was sind große Parteien dagegen, die jeweils nicht mal ein Zehntel an Mitgliederstärke aufweisen?) mutierte vom Saulus zum Paulus und schrieb auf die gelbe Fahne: Rettet die Alleen! Und wirklich, es gibt indessen auch schon ein Landesgesetz zum Schutz der Straßenbäume. Was es nicht gibt, ist eine Abnahme der PKW- oder gar der LKW-Zulassungen! Statt dessen zunehmend Blumen an den Straßenrändern. Sie sind dort zu finden, wo Kreuze stehen und die Bäume straßenseitig nach entsprechenden Crashs keine Rinde mehr tragen.

Jetzt passen wir aber sehr auf! Und nicht wenige Menschen im auf lange Zeit arm bleibenden Land Meck-Pomm. vernehmen voll Freude die Mär von einer vermeintlichen »Öko-Autobahn«, die Lübeck mit Szcecin verbinden wird. Pläne privat finanzierter, vierspuriger Straßen zu »Deutschlands schönster Insel«, Rügen, bedürfen nur noch des Beschlusses. Die sanften Touristen wollen und sollen auf schnellstem Wege zum Ziel ihrer sanften Begierde kommen, und die kürzeste Verbindung zwischen zwei Punkten ist nach wie vor die Gerade!

Der Autor dieser Zeilen weiß, wovon er schreibt, denn auch er nutzt die scheinbare, viertaktige Mobilität. Er ist sich seines gespaltenen Denkens bewußt und lebt mit der be-

gründeten Horrorvision, im scheinbar fernen China würden in Bälde rund 400 Millionen Fahrräder gegen ebenso viele Autos gewandelt. Daß dies nicht schnell geschehen kann, ist kein Trost. Fernziel freier Marktwirtschaft bleibt es dennoch! Man stelle sich außer Ressourcen- und Energieverbrauch nur den schlicht zwangsläufigen, nicht vermeidbaren Schadstoffausstoß vor. Ja, aber haben nicht auch Chinesen und Afrikaner (und Inuit und Tofalaren und Samojeden und Nanaier und . . .) den gleichen Anspruch, das gleiche Recht auf »Mobilität« wie wir? Ein Fragezeichen hängt wie ein Gespenst über der kleinen Welt.
Zudem, wir merken voller Schrecken, was denn geschieht, wenn im kleinen Deutschland die Produktions- und Verkaufszahlen von rollenden, staustehenden Schachteln nach dem Vereinigungsboom wieder auf oder unter Normalabsatz sinken. Man stelle sich vor, es gäbe einen tatsächlichen Absatzeinbruch um ein Viertel oder ein Drittel gar! Hängt nicht jeder siebte Arbeitsplatz inzwischen schon direkt oder indirekt am Automobil? Da scheint die Frage, ob wir denn nun in den neuen Bundesländern »sehr aufpassen« können, eher müßig. Selbst eine so simple Frage wie Einkauf kommt um das Auto nicht mehr herum. Dafür sprechen neue Parkplätze vor den Städten. Sie haben Kapazitäten für tausend oder zweitausend Fahrzeuge, die aus den Städten zum vermeintlich billigen Einkauf auf die ehemals grüne Wiese in die neuen Vermarktungszentren kommen. Es soll und darf nicht ohne Auto gehen! Indessen sterben Pflanzen und Tiere aus, in neuen wie alten Bundesländern. Nicht erst seit heute, nein auch gestern schon.

Auch dies – wie anderes – eine große Lüge! Wie alle großen, erfolgreichen Lügen wirkt sie so sehr, daß wir ihrer gar nicht mehr gewahr werden. »Vom Aussterben bedroht«! Nun bewußt in Anführungsstriche gesetzt. Die Roten Listen führen diese Arten, von unscheinbaren, kaum bekannten Moosen bis zu »kostbaren« Großvögeln wie Adler, Trappe und Kranich. Der Begriff findet sich allüberall, in den Printmedien, in den elektronischen Medien bis hin in Gesetzestexte. Auch in dieser Lüge waren beide deutschen Staaten sich einig, ohne es zu wollen.
Klar und deutlich, und manche oder mancher mag den Vergleich verübeln: Selbst Alt- und Postfaschisten kämen nicht auf den absurden Gedanken zu behaupten, daß Menschen mosaischer Herkunft oder mosaischen Glaubens während der vergangenen Jahrhunderte in Europa ausgestorben wären. Dies zumindest wissen wir besser. Im günstigsten Falle sind sie vertrieben worden wie aus Spanien vor langen Zeiten, dennoch auch mit Verlust an Leib und Leben. In schlimmerem Falle wurden sie zuhauf umgebracht in den Pogromen Rußlands und Polens. Im schlimmsten Stadium, von deutschen Mehrheiten direkt oder indirekt getragen, solange das »Volk ohne Raum« noch siegte, wurden sie planmäßig und maschinell vernichtet. Die Öfen von Auschwitz und anderer Orte! Vernichtet ist das zu sanfte Wort. Ausrottung das richtige. Nein, ausgestorben sind sie nicht, so wenig wie die Azteken. Auch sie wurden ausgerottet und mit ihnen eine Kultur, deren Reste wir in Museen bestaunen. Ausgerottet von spanischen Conquistadores im Hunger nach Gold,

unter dem Zeichen des Kreuzes. Das alles ist hinlänglich bekannt.

Ausgestorben sind Saurier.

Aussterben, das meint doch wohl einen natürlichen, langzeiträumlichen Prozeß ohne menschlichen Einfluß. Die Riesensträuße der Südhalbkugel, die Moas, sind so wenig ausgestorben wie der Riesenalk oder die Dronte. Zumindest haben wir vom ersteren noch ein Präparat in einer Museumsvitrine, von letzterer zeitgenössische Darstellungen. Wir wissen, daß Seefahrer sie erschlagen und aufgefressen haben. Ausgerottet in einer historisch unwahrscheinlich kurzen Zeit. Aber wir sprechen und schreiben, daß sie ausgestorben seien. Gemeinsam täuschen wir uns einen natürlichen Prozeß vor, der vielleicht durch einiges Zutun zu verlangsamen wäre.

»Steige hoch, du roter Adler ...« singen die Brandenburger (wieder) ihre vermeintliche Landeshymne, aber über gleichermaßen besungenen »dunklen Kiefernwäldern« stieg schon seit 1877 kein »roter Adler« mehr. Damals nämlich fiel der letzte dort lebende Steinadler dem Hagelschrot zum Opfer. In Mecklenburg wurde der letzte Steinadler – das Ur- und Inbild unseres Wappenvogels, des Reichs- und jetzigen Bundesadlers – schon zwölf Jahre zuvor ausgerottet. Nein, keine Adlerart zwischen Ostsee und Alpen war jemals vom Aussterben bedroht, sondern einzig und allein zunächst von Jägern. Ein Forstbeamter in Vorpommern schoß 1871 auf der schönen Insel Vilm zwanzig Seeadler von ihren Schlafbäumen.

Beginnender Naturschutz – auch unter einsichtigen

Forstleuten – brachte nach der Jahrhundertwende Besserung. Für erschossene Adler gab es keine Prämien mehr, später wurden sie sogar unter Schutz gestellt. Adler hatten dann wieder symbolische Hoch-Zeiten. Vor allem zwischen 1933 und 1945. Bis alles in Scherben fiel.

Im Jahr 1978 erschien ein wichtiges, stattliches Buch, »Rettet die Vögel«. Darin stand als große Titelzeile: »Seeadler: Nur noch 4 Paare in Deutschland.«

Gewollt oder nicht gewollt, es war eine Lüge. Zudem wurde der Seeadler in jener Zeit durch Minister, Naturschützer und vor allem die Medien zum »deutschen Wappenvogel« hochstilisiert. Wirklich, es gab damals nur vier Seeadlerpaare. Doch nicht in Deutschland, sondern in Schleswig-Holstein. Sie galten – in allen Veröffentlichungen und Verlautbarungen – als vom »Aussterben bedroht«! Ihr Schutz in Schleswig-Holstein war aufwendig und sehr teuer. Scheinbar die letzten deutschen Seeadler! Damit reduzierte sich »Deutschland« selbst auf die Bundesrepublik, denn zur selben Zeit wuchsen in der DDR die Seeadlerbestände unter gezieltem Schutz langsam aber sicher an. Dort wurden sie zwar nicht zu Wappenvögeln stilisiert, galten aber gleichermaßen als vom Aussterben bedroht. Sie standen unter Schutz wie der Wanderfalke. Letzterem nutzte vermeintlicher Schutz nichts. Er wurde – indirekt – ausgerottet. Über den Umweg belasteter Nahrungsketten. Seine Feinde waren nicht mehr die Jäger, sondern die Landwirte, genauer gesagt, chlorierte Kohlenwasserstoffe in den Pestiziden DDT, Lindan und Dieldrin. Es war nicht allein ein Problem in der DDR, es war (und ist teilweise noch!) ein

Problem der nahrungsgütererzeugenden Welt. Rachel Carson schrieb ihr aufsehenerregendes Buch »Der stumme Frühling«. Sie benannte die Gefahren, nicht nur für selten gewordene Vögel. Dennoch dauerte es lange, ehe Umdenken in Richtung gewisser Vernunft einsetzte. Nach und nach wurden die gefährlichen Präparate verboten, nach und nach konnten auch Adler wieder erfolgreich Nachzucht aufbringen. Augenblicklich nisten in Mecklenburg und Vorpommern mehr als 115 Seeadlerpaare, rund 80 Schreiadlerpaare, und gut nochmals soviele Fischadlerbruten kommen dazu. Das Land zwischen Elbe und Oder ist damit das adlerreichste Bundesland. Auch Schleswig-Holstein hat indessen von dort so viele Seeadler-Zuwanderer bekommen, daß in seinen Wäldern schon 16 Paare horsten können.

Dies alles liest sich sehr positiv. Das ist es auch. Die Adler sind zur Zeit weder vom Aussterben noch von Ausrottung gefährdet. Das ungute, fälschende Wort aber geistert weiter durch Öffentlichkeit und Gesetzestexte. Zudem suggerieren wir uns Erfolge, wenn der Bestand einiger auf den Roten Listen spektakulär wirkender Großgestalten gerettet scheint. Wir vergessen zu leicht darüber, daß die Roten Listen länger und ausführlicher werden. Die Rohrsänger schwinden in ihren Beständen, weil das Schilf und die Röhrichte der Seen durch menschliche Einflußnahme siechen. Eine große Fülle von Pflanzenarten ist kaum noch zu finden. Sumpfdotterblumenwiesen – gang und gäbe in früheren Zeiten – sind zur Rarität geworden, aus dem schlichten Grunde, daß ihnen Wasser abgegraben wurde.

In einer Riesenlitanei von Fehlern, Versäumnissen und bewußt vorsätzlichem Handeln um des Vorteils willen ließen sich Dutzende und Aberdutzende von Pflanzen- und Tierarten aufzählen, denen wir direkt und indirekt die Luft, den Boden, das Wasser zum Leben genommen haben und noch immer nehmen.
Auch dies wissen wir aus böser Erfahrung: Wir können mit heftiger Anstrengung nach katastrophalem Krieg das Wawelschloß in Warschau aus Trümmern wieder aufbauen. Der Französische Dom in Berlin wuchs aus Trümmern zurück wie die Semperoper in Dresden und zur Zeit die Frauenkirche dort. Die Marienkirche zu Lübeck entstand gleichermaßen wie der Dresdner Zwinger. Alles scheint machbar, und zuvor doch in Grund und Boden gebombt! Aber die Dronte ist so wenig zurückzubringen wie der Riesenalk.
Als ich Kind war, wurde mir die freundliche Mär erzählt, der Klapperstorch habe mich und andere Kinder aus dem Seerosenteich geholt. Hoffmann von Fallersleben schrieb nicht nur »das Lied der Deutschen«, sondern auch ein Kinderlied, das zum Volkslied wurde. »Auf unserer Wiese gehet was, watet durch die Sümpfe . . .« Zu jener Zeit hatten im Gebiet des jetzigen Landes Niedersachsen noch rund fünftausend Klapperstörche ihre Nester auf Dächern und Bäumen. Jetzt nisten nur noch gut 150 Paare dort!
Im Jahr 1994 wurde der Klapperstorch Adebar, der Glücks- und Kinderbringer, schon zum zweiten Male als »Vogel des Jahres« ausgerufen. Wir haben nur noch rund 3.000 Paare in Deutschland, fast alle östlich der Elbe! Wenn es

denn so wäre, daß menschlicher Nachwuchs von der Freundlichkeit des Klapperstorches abhinge, dann allerdings stünde unsere deutsche Population kurz vor dem indirekten Aussterben. Inzwischen wissen unsere Kinder schon, daß menschliche Nachwuchsrate nicht vom Klapperstorch, sondern von pharmazeutischer und Gummiwarenindustrie mitgesteuert wird. Wir Erwachsenen aber wissen nicht, wie denn unser Glücksvogel im hiesigen Lande vor indirekter Ausrottung zu schützen ist. Wir haben ihm mählich und ständig intensiver die Lebensgrundlage entzogen, und wir schämen uns nicht einmal, dazu auch noch zu behaupten, auch er sei vom Aussterben bedroht. Wir lügen ihn zu den Sauriern.

WOLFGANG PAULS

Schöne Gene

Schöne Gene zu verkaufen, zu verleasen, zu verleih'n,
Grade Beine statt geerbten schiefen Füßen pflanzen ein
die Doktoren von der Laserstrahlen-Samenschneidefarm:
Haste Knete, machen sie dir Nachwuchs mit 'nem dritten Arm
oder einen kleinen Adolf mit 'nem Doppelburgerkopf
und von wegen der Ästhetik rechts und links 'nen Mozartzopf

Schöne Gene zu verkaufen, zu verleasen, zu verleih'n
Schmollt der Landwirt auf der Scholle, sollt' er sich doch lieber freu'n:
Die Experten von der Flora-Fauna-Bio AAG
machen seine Pferdeäpfel granny-smithig eß-okay
Und falls er alternativisch biogasig heizt das Haus

puffen die mutierten Bullen doppelfurzig Gase aus

Schöne Gene zu verkaufen, zu verleasen, zu verleih'n
Verhaltensgestörte Kinder tauschen Sie ganz einfach ein
denn die Euro-Neuro-High-Tech-Genothek GmbH
ist selbst in den schwersten Fällen elternschützend für Sie da
Katalog per Fax anfordern: 1000 Seiten Nachwuchsglück
und bei Nichtgefallen Austauschkinder postwendend zurück

Schöne Gene zu verkaufen, zu verleasen, zu verleih'n
Nach Verschrottung seiner Panzer kann der General sich freu'n
denn die neuen Kampfmaschinen sind aus Fleisch und auch aus Blut
können schießen, stechen, schlachten, nur nicht denken, ach, wie gut
und mit ihren Schützengräben-Schaufelhänden, wie human
bauen sie in Friedenszeiten ganz umsonst die Autobahn

Schöne Gene zu verkaufen, zu verleasen, zu verleih'n
Leisten Sie sich einen Einstein, frisch geklont und noch ganz klein
den Sie ganz nach Ihren Wünschen wachstumsmäßig kontrollier'n
wenn er Ihnen übern Kopf wächst, ein, zwei Jahre tiefgefrier'n

Oder fühl'n Sie sich im Ehekrieg zu schwächlich auf der Brust
mit 'nem kleinen Kloni-Stalin macht das Streiten wieder Lust
Schöne Gene, schöne Gene, schöne Gene . . .

Ernst Ulrich von Weizsäcker

Arbeit und Umwelt*

1. Kostet Umweltschutz Arbeitsplätze?

Bis in die jüngste Zeit hat sich die Vorstellung in unserer Gesellschaft gehalten, daß Umweltschutz Arbeitsplätze kostet. US-Präsident Clinton sah sich gezwungen, im Februar dieses Jahres in die Nordwest-Staaten zu fliegen, um dort einem Tribunal vorzusitzen, welches die Frage entscheiden sollte, ob und in welchem Umfang Wälder vor dem Abholzen geschützt werden sollten, um den Lebensraum der gefährdeten Gefleckten Eule zu erhalten, und wie viele Jobs dafür geopfert werden müßten. »Save a logger, kill an owl« war der landesweit zu hören-

* Das Manuskript lehnt sich an den Vortragstext des Autors beim Römerberggespräch 1993, Frankfurt, Juni 1993, an.

de Streitruf der Holzarbeiter und ihrer Firmen und Gemeinden.

Nun war der »Thomas-Bericht«, an dem sich alles vor drei Jahren entzündete, auch ziemlich primitiv gestrickt und angreifbar. Weil die Gefleckte Eule eine gefährdete Tierart sei, müßte fast eine Million Hektar Land, fast halb so groß wie Hessen, in Naturschutzgebiet umgewandelt werden.

Und die Holzwirtschaft hatte es nicht schwer zu behaupten, daß das 150.000 Arbeitsplätze kosten würde, eine schlechthin katastrophale Aussicht für ein dünnbesiedeltes Land, in dem fast alles am Holzverkauf hängt.

Man hat sich schließlich auf irgendeinen quantitativen Kompromiß geeinigt. Aber der prinzipielle Gegensatz Arbeitsplätze – Umweltschutz wurde durch das Tribunal eher zementiert als aufgelöst.

In einer Zeit, in welcher die Gemüter in Amerika, aber auch bei uns in Deutschland ganz vom Thema Arbeitslosigkeit in Beschlag genommen sind, verheißt die Fortdauer dieses Gegensatzes nichts Gutes für die Umwelt. In Ostdeutschland fragt man sich, ob man das knapp gewordene Geld für Straßen, industrielle Erneuerung und Umschulung einsetzen soll oder für die ökologischen Altlasten, für den Ankauf von Naturschutzflächen und die Modernisierung der vernachlässigten Straßenbahnen. Die Antwort ist in der Bevölkerung klar: Priorität für Wachstum, Industrie, Arbeitsplätze. Umweltschutz nur insoweit, wie er seinerseits Arbeitsplätze sichert (und das heißt zumeist: vom Westen bezahlt wird).

Abb. 1, eine kürzliche Umfrage über die Prioritäten der

Die Sorgen der Bundesbürger 1993

1 Rechtsradikale
2 Asyl/Ausländer
3 Arbeitslosigkeit
4 Wirtschaft
5 Probleme der Einheit
6 Frieden (W)
Ruhe und Ordnung (O)
7 Steuererhöhungen (W)
Renten (O)
8 Mieten / Wohnungen
9 Preise (O)

Quelle: Süddt. Ztg./Globus '93

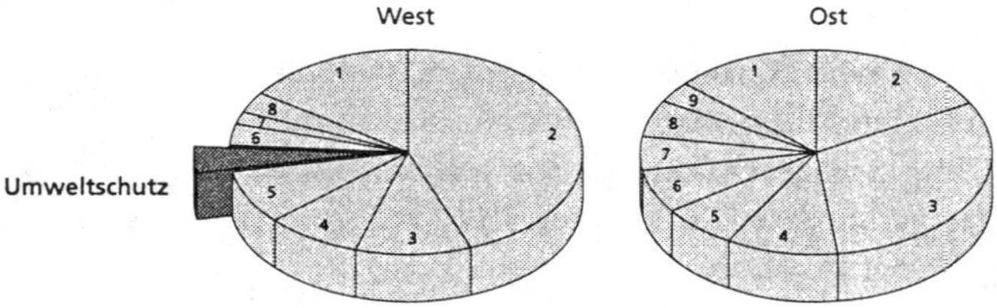

Abb 1

Westdeutschen und der Ostdeutschen, spricht eine klare Sprache. Selbst im Westen zählen nur noch 7 % der Befragten den Umweltschutz zu den wichtigsten Prioritäten, im Osten null Prozent!
Gegen solchen Umweltdefätismus wehren sich sicherlich viele hier im Raum. Aber mit was für Argumenten? Was haben wir eigentlich in der Hand?
Herr Minister Töpfer hat vor einigen Monaten eine Statistik vorgelegt, nach welcher der Umweltschutz inzwischen ein bedeutender Erwerbszweig ist, der heute rund eine halbe Million Menschen in Brot und Arbeit hält. In den USA sind die Zahlen noch deutlich höher. Fast drei Millionen Arbeitsplätze mit einem Umsatz von rund 120 Milliarden Dollar werden geschätzt. Ferner scheinen verschiedene Studien in OECD-Ländern zu zeigen, daß Umweltgesetze die Schließung veralteter Anlagen höchstens beschleunigt,

nicht aber verursacht haben. Und die nationale Gesamtbilanz »Zusätzliche Jobs minus verlorene Jobs« könnte sogar positiv sein (Renner, 1991, S. 23).

2. Jobs im teuren Umweltschutz sind keine Lösung

Die Aussagen über Netto-Arbeitsplatzgewinne durch Umweltschutz sind aber nicht unbedingt beweiskräftig. Sie beziehen sich auf eine Zeitperiode, während derer die untersuchten Länder in großem Umfang Umwelttechnik exportiert haben. Die Bilanz in den importierenden Ländern könnte entsprechend negativ sein. Ferner wird nicht gesagt, was die gleiche Menge Geld an Arbeitsplätzen geschaffen hätte, wenn sie nicht im Umweltschutz, sondern woanders investiert worden wäre.

Vor allem aber muß man sich darüber im klaren sein, daß die bisherige Art von nachsorgendem Umweltschutz prinzipiell ein Kostenfaktor bleibt, auch wenn die Kosten irgendwo Arbeitsplätze schaffen. Man fügt einer produktiven Anlage oder Maschine eine unproduktive Filteranlage hinzu. Diese muß der Betreiber oder Käufer bezahlen. Und so kommt es beim nachsorgenden Umweltschutz ganz korrekterweise zu der uns allen geläufigen Formel, wir bräuchten eine florierende Wirtschaft, um uns den teuren Umweltschutz finanziell leisten zu können.

Diese Formel ist vor allem für die Wirtschaft äußerst bequem. Sie legitimiert den Ruf nach einer Atempause wäh-

rend der Rezession, und sie schiebt der Kosteneskalation im Umweltschutz einen gewissen Riegel vor.
Zugleich ist die Formel aber in höchstem Grade gefährlich. Warum? Weil sie in aller Welt ein unvermeidliches Echo auslöst. Malaysier, Algerier und Brasilianer zitieren diese unsere Formel nur allzu gerne, wenn wir sie auffordern, doch bitte etwas mehr für den Umweltschutz zu tun.
»Wir werden uns sehr gerne um den Umweltschutz kümmern, den wir genauso wichtig finden wie ihr Europäer. Aber dazu brauchen wir natürlich erst einmal die nötige wirtschaftliche Entwicklung, sonst können wir uns den teuren Umweltschutz oder eine die Entwicklung bremsende Naturschutzpolitik einfach nicht leisten.« In Rio de Janeiro vor einem Jahr haben wir uns das unausgesetzt anhören müssen. Und weil das einfach ein Echo auf unsere eigene Rhetorik ist, können wir nicht gut dagegen argumentieren.
Nun könnten wir uns als Umweltschützer auch auf die Position der Entwicklungsländer und der Entwicklungspolitiker einlassen und eine mit dem schmückenden Eigenschaftswort »sustainable« qualifizierte Entwicklung befürworten. Bloß führt das leider in das Dilemma, daß das Ziel der Entwicklung weiterhin der Wohlstand ist, wie ihn der Norden vorlebt. Und dieser Wohlstand ist durch im Vergleich zu den Entwicklungsländern rund zehnmal so hohe Pro-Kopf-Naturverbrauchsraten gekennzeichnet. (s. Abb. 2) Die ganze nachsorgende Schadstoffbeseitigung ändert nichts an dieser grausamen Wahrheit. Unser Wohlstand ist nicht ohne eine ökologische Zerstörung der Erde auf fünf oder gar acht Milliarden Menschen ausdehnbar.

Abb. 2: »The North is the Polluter« – Die Abbildung zeigt, was mit dem Zitat gemeint ist.

Damit kommen wir zu dem Ergebnis, daß die ganze Beruhigung über die Schaffung von Arbeitsplätzen durch Umweltschutz fehl am Platz ist. Zwar kann die Wirtschaft ganz gut mit dem nachsorgenden Umweltschutz leben, aber die Umwelt kann es nicht!

3. Perspektiven für das 21. Jahrhundert

Um eine tragfähige Perspektive für das 21. Jahrhundert aufzubauen, müssen wir also über den nachsorgenden Umweltschutz weit hinausdenken. Wir müssen zu einer

Strategie kommen, die auch für weniger wohlhabende Länder attraktiv und praktikabel ist und die vor allem den Norden – möglichst ohne Wohlstandseinbußen – so verändert, daß sein Lebensstil ohne Schaden für die Natur kopiert werden kann.

Um zu einer quantitativen Vorstellung dessen zu gelangen, was da von uns gefordert wird, lassen Sie mich kurz auf die wohl größte heutige Herausforderung, den Schutz des Klimas, eingehen.

Wenn wir eine gefährliche Beeinflussung des Klimas durch den Menschen verhindern wollen, wie dies in Artikel 2 der im Juni 1992 in Rio de Janeiro unterzeichneten Klimakonvention gefordert wird, dann müßten wir nach Ansicht des Intergovernmental Panel on Climate Change die weltweiten Treibhausgasemissionen in den nächsten 40 Jahren um etwa 60 % absenken. Gleichzeitig sagt aber die Weltenergiekonferenz, daß sich der Energiebedarf bis 2020 um bis zu 50 oder 70 % erhöht, das wäre in den nächsten 40 Jahren fast eine Verdoppelung. Abb. 3 zeigt, stark vergröbert, die Schere, die sich da zwischen dem Notwendigen und dem Wahrscheinlichen auftut. (s. Abb.3)

Die Kernenergie kann die Lücke nicht schließen. Selbst eine politisch höchst riskante und sehr teure Verdreifachung der Atomenergie – wo dann jederzeit auch ein paar Reaktoren in Gebieten stehen, wo Bomben fallen oder wo geschmuggeltes Plutonium ganz schnell Käufer fände – würde ceteris paribus, d. h. bei wachsendem Energiebedarf, den Kernenergieanteil nur von heute 5 % auf etwa 8 % anheben.

So sieht es denn so aus, als sei die einzige Lösung die, daß

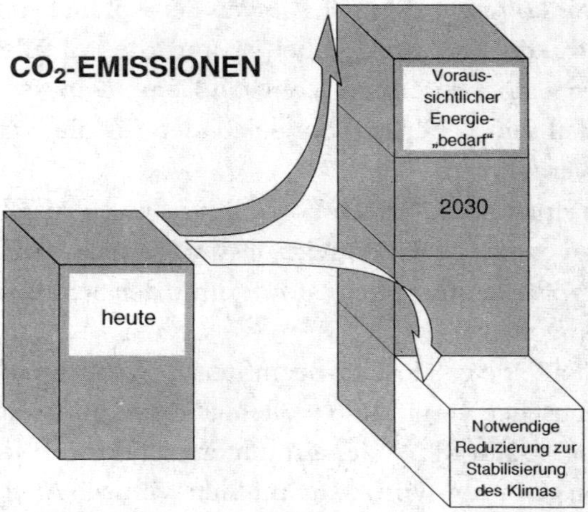

Abb. 3: Die Abbildung zeigt, stark vergrößert, die Schere, die sich zwischen dem Notwendigen und dem Wahrscheinlichen auftut. Die Klimasituation verlangt mehr als eine Halbierung der Treibhausgaskonzentrationen in 40 Jahren; die erwartete Entwicklung des Energie*bedarfs* führt aber zu einer Verdoppelung in dieser Zeit.

wir alle (nicht nur beim Energieverbrauch) *sehr viel bescheidener* leben müßten. Es könnten ungefähr die deutschen Pro-Kopf-Energieverbrauchsraten um die Jahrhundertwende sein, die dem Kriterium der ökologischen Nachhaltigkeit, der »sustainability«, in einem weltweiten Sinne genügen würden.

Politiker, die das einem Volk beibringen könnten und dann auch noch wiedergewählt würden, kann ich mir nicht allzu gut vorstellen. Und daß das Volk, ohne auf die Politiker zu warten, zur Bescheidenheit findet, ist ebenso schwer vorstellbar. Aber die ökologische Weltsituation scheint uns doch gar

keine andere Wahl zu lassen. Oder vielleicht doch? Ja, ich meine, es gibt einen anderen Weg. Wir könnten versuchen, dem technischen Fortschritt einen neuen Sinn, einen neuen Inhalt, eine neue Richtung zu geben. Die alte Richtung war die: In 150 Jahren Industriegeschichte bedeutete technischer Fortschritt im wesentlichen die Erhöhung der *Arbeitsproduktivität:* Aus einer menschlichen Arbeitsstunde wurde immer mehr, schließlich rund zwanzigmal soviel Wohlstand herausgeholt als zu Beginn der Industrialisierung.
Dies geschah allerdings weitgehend zu Lasten der Natur. Der Verbrauch von Energie und anderen natürlichen Ressourcen nahm über anderthalb Jahrhunderte praktisch gleichlaufend mit dem Bruttosozialprodukt zu, wie Abb. 4 zeigt.

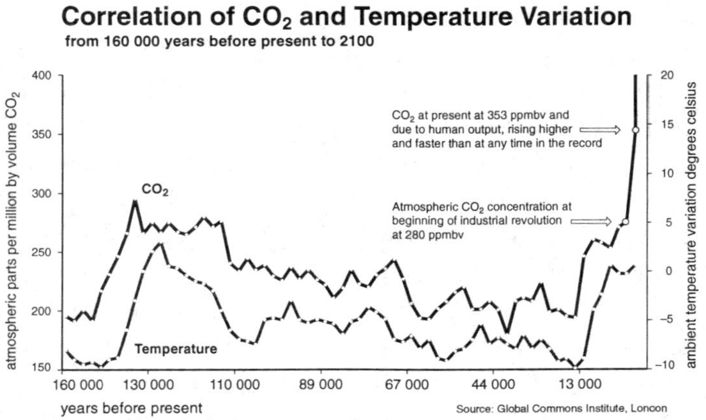

Abb. 4: 150 Jahre lang hat sich der Energieverbrauch praktisch parallel zum Bruttosozialprodukt entwickelt.

In anderen Worten, die volkswirtschaftliche *Energieproduktivität* hat sich zumindest bis 1973 nicht erhöht. Seither steigt sie zwar, aber längst nicht so stark wie die Arbeitsproduktivität und längst nicht genug, um die in Abb. 3 gezeigte Schere wieder zu schließen.
Die Frage drängt sich auf, ob es nicht möglich wäre, ähnlich wie bei der Arbeitsproduktivität eine entsprechende Steigerung der Energieproduktivität bzw. allgemeiner der Ressourcenproduktivität zu erreichen. Wenn wir es schafften, aus einem Gigajoule Energie viermal soviel Wohlstand herauszuholen als heute, dann wäre die genannte Schere wieder geschlossen. Dann dürfte sich also ruhig im Sinne des Verlangens der Entwicklungsländer der Umfang der Energiedienstleistungen weltweit verdoppeln, und dennoch könnten die energiebedingten Treibhausgas-Emissionen mehr als halbiert werden.
Die Energieexperten unter Ihnen werden sagen, eine Vervierfachung der Energieproduktivität sei völlig illusorisch. Sie sind nämlich mit einem anderen Begriff vertraut, mit der *Energieeffizienz,* und die läßt sich in der Tat bei den meisten Prozessen *nicht* um einen Faktor 4 steigern. Die Energieeffizienz bezieht sich auf feste, wohldefinierte Leistungen, wie die Zementherstellung oder den Treibstoffverbrauch eines viersitzigen PKWs mit festgelegten Beschleunigungscharakteristika. Soviel Zutrauen habe ich in unsere Ingenieure, daß sie die Energieeffizienz in vielen Fällen schon ziemlich ausgereizt haben. An einigen Stellen wäre noch ein Faktor 2, an anderen auch mehr, aber vielfach auch wesentlich weniger zu erreichen.

Ganz anders sieht es mit der Steigerungsfähigkeit der (volkswirtschaftlichen) Energieproduktivität aus. Sie kann durch das geschickte Substituieren von energieintensiven durch energiesparsame Prozesse gesteigert werden. Die Arbeitsproduktivität wurde ja schließlich auch nicht dadurch verzwanzigfacht, daß die Arbeitseffizienz der Tätigkeiten von vor 150 Jahren verzwanzigfacht wurde. Stellen Sie sich den armen Schuhmacher vor, der hätte lernen müssen, 20mal so schnell zu hämmern oder Leder zuzuschneiden!

Wir können eine wahre Effizienzrevolution auslösen. Die nachfolgenden vier Bilder scheinen zu belegen, daß sich in verschiedenen Bereichen des Ressourcenverbrauchs eine Verzehnfachung der Energie- oder Ressourcenproduktivität auslösen läßt.

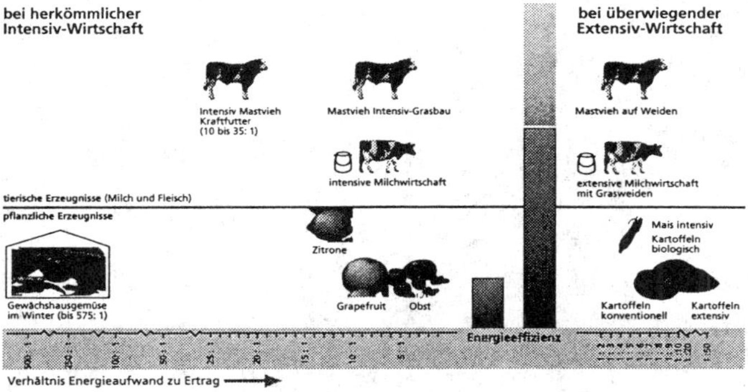

Abb.5

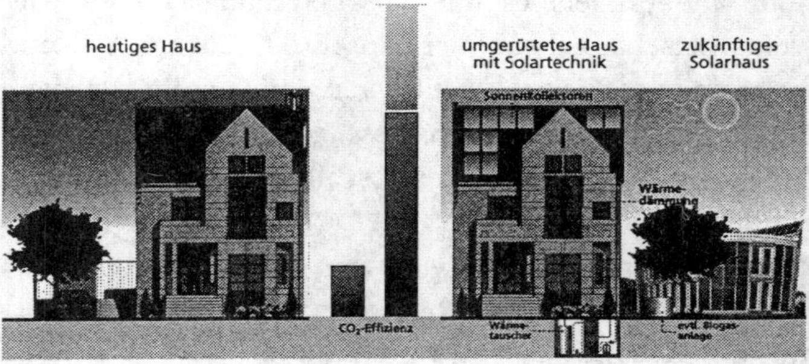
heutiges Haus
umgerüstetes Haus mit Solartechnik
zukünftiges Solarhaus
Sonnenkollektoren
Wärmedämmung
CO_2-Effizienz
Wärmetauscher
evtl. Biogasanlage

Abb.6

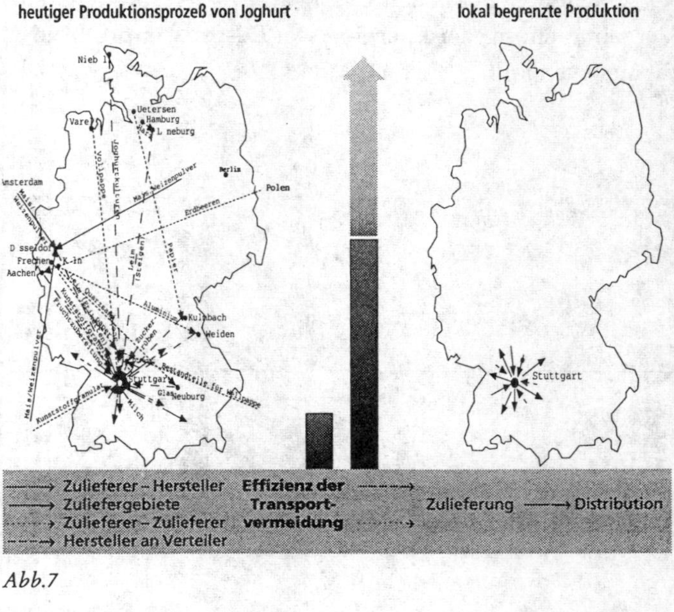
heutiger Produktionsprozeß von Joghurt
lokal begrenzte Produktion
Uetersen
Hamburg
Berlin
Polen
Erdbeeren
Papier
Aluminium
Kulmbach
Weiden
Frechen
Aachen
Stuttgart
Neuburg
Milch
Stuttgart
Zulieferer – Hersteller
Zuliefergebiete
Zulieferer – Zulieferer
Hersteller an Verteiler
Effizienz der Transportvermeidung
Zulieferung
Distribution

Abb.7

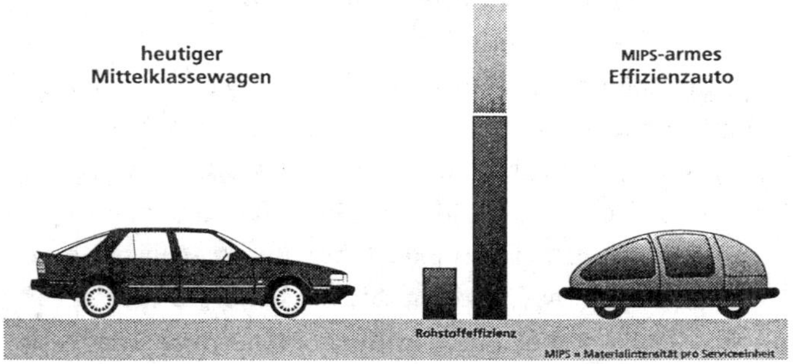

Abb.8

Es gibt so gut wie keinen Bereich des Energieverbrauchs, bei welchem nicht ein Faktor 4 an Energieproduktivität durch eine Mischung aus Technik, Infrastruktur und Verhaltensänderungen herausgeholt werden kann, und das in rund vierzig bis fünfzig Jahren.

Langfristig kann die Energieproduktivität auch noch wesentlich weiter gesteigert werden. Nach den vier Beispielen von einer heute schon erreichbaren Verzehnfachung der Energie- und Stoffproduktivität ist auch die Möglichkeit einer Verzwanzigfachung oder mehr nicht von der Hand zu weisen. Es wäre also tatsächlich eine neue technologische und kulturelle Revolution von ähnlichen Ausmaßen wie die seit dem frühen 19. Jahrhundert andauernde industrielle Revolution.

4. Wie kommt man dahin?

Die politische Frage ist nun, wie man es schafft, den technischen Fortschritt in eine dem »Jahrhundert der Umwelt« angemessene Richtung zu lenken. Von alleine wird das nicht geschehen. Unter den heutigen Bedingungen wäre doch einer ein wirtschaftlicher Narr, wenn er in nennenswertem Umfang die knappen Kapitalmittel für eine drastische Erhöhung der Energieproduktivität einsetzen würde. Die Arbeitsrationalisierung zahlt sich allemal besser aus.

Volkswirtschaftlich sieht das ganz anders aus. In einer Zeit, wo die Arbeitslosigkeit (nicht nur bei uns im Land, sondern auch bei den mit unserer Wirtschaft konkurrierenden Ländern) eines der gravierendsten gesellschaftlichen Probleme ist, das auch riesige Summen aus dem Staatshaushalt verschlingt, und zugleich einer Zeit, in der Energie und Primärrohstoffe, vor allem aus Umweltgründen, zu ernsthaft knappen Gütern geworden sind, sollte es volkswirtschaftlich vernünftig sein, das Innovationsgewicht spürbar in Richtung Erhöhung der Ressourcenproduktivität zu verlagern.

Dieses trifft erst recht für weniger wohlhabende Länder zu, die in der Regel noch höhere offene oder versteckte Arbeitslosenquoten haben und bei denen der Ressourcenmangel nicht nur ökologisch, sondern auch ökonomisch sehr fühlbar ist. Bei einer – von den wohlhabenden Ländern ausgehenden – gezielten Erhöhung der Ressourcenproduktivität wäre eine hohe Bereitschaft der ärmeren Länder zu erwarten, sich anzuschließen.

Damit ist aber noch nicht die Frage beantwortet, *wie* man das volkswirtschaftlich Wünschenswerte auch den Betrieben schmackhaft macht. Die Frage mag auch gestellt werden, ob wir den Fortschritt überhaupt lenken *dürfen* und ob das nicht ein Rückfall in den gerade überwundenen bürokratischen Sozialismus wäre?

Ja, das wäre es wohl, wenn wir versuchen würden, die neue technologische Revolution *auf dem Verordnungswege* herbeizuführen. Das hieße dann, daß wir nicht nur eine Wärmeschutzverordnung hätten, sondern ebenso eine Personenkraftwagentreibstoffeffizienzverordnung, eine Zweitaktrasenmähereffizienzverordnung, eine Waffeleiseneffizienzverordnung, einen Hähnchenfleischmaximalfremdenergiegrenzwert und tausend weitere solcher Vorschriften. All das ist natürlich möglich, aber es wäre – bis auf Ausnahmen – volkswirtschaftlich ungeheuer ineffizient. Soviel sollten wir aus dem Zusammenbruch des bürokratischen Sozialismus gelernt haben, daß wir dem *Markt* eher als überforderten Bürokraten zutrauen können, die Details des technischen Fortschritts zu steuern. Wir müssen also dem Markt die geeigneten Signale geben.

Wir müssen den sparsamen Umgang mit Energie und Rohstoffen *profitabel* machen. Wir müssen die Preise angenähert »die ökologische Wahrheit« sagen lassen. Energie und Rohstoffe müßten teurer werden.

Sie haben richtig gehört: Zum Wohl der Volkswirtschaft müßte der Staat Energie und Primärrohstoffe teurer machen. Das klingt, vorsichtig gesagt, ungewohnt. Aber es ist rational. Und es gibt empirische Hinweise darauf, daß der wirtschaftliche Erfolg der verschiedenen Wirtschaftsblöcke positiv und nicht etwa negativ mit den vorherrschenden Energiepreisen korreliert, wie die Grobschätzung von Abb. 9 zeigt.

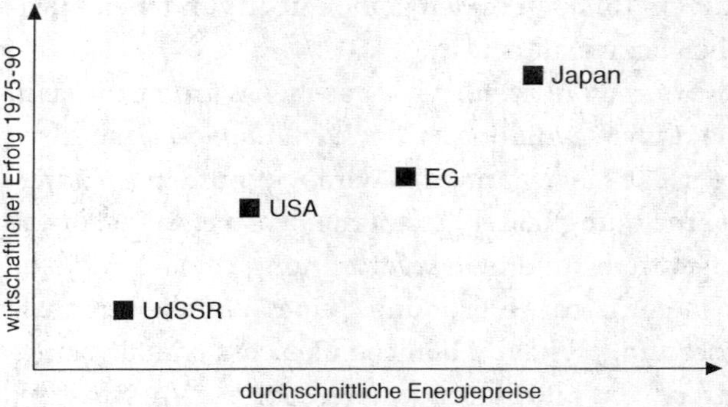

Abb. 9: Hohe Energiepreise haben offensichtlich den wirtschaftlichen Erfolg Japans und Westeuropas im Vergleich etwa zu den USA nicht behindert.

Für die Wirtschafts- und Sozialverträglichkeit wird es darauf ankommen, *wie* man die Energiepreise anhebt. Nach jahrelangen Diskussionen über Vor- und Nachteile verschiedener Strategien halte ich eine *strikt aufkommensneutrale ökologische Steuerreform,* die sich in kleinen, jahrzehntelang vorhersehbaren Schritten vollzieht, für das geeignetste Instrument. Eine geplante Verteuerung von 5 % pro Jahr (inflationsbereinigt) und eine gleich große Steuersenkung insbesondere bei den Lohnnebenkosten sollten sowohl für die Wirtschaft wie für die Sozialpolitik akzeptabel sein. (Die Senkung der Lohnnebenkosten würde zustande kom-

men, wenn man etwa die Sozialversicherung oder die Renten zunehmend über die Einnahmen aus Energie- und Stoffsteuern finanziert.) Man sollte bei der Einführung der Steuerreform notfalls durch Sonderregelungen dafür sorgen, daß sich die heute bestehenden Anlagen noch verlustfrei abschreiben lassen. Und es wäre ökologisch und ökonomisch wünschenswert, wenn möglichst viele Länder mitmachten.
Es würde natürlich ein nachhaltiger Strukturwandel induziert. Die Rentabilität wandert von energie- und ressourcenintensiven Aktivitäten zu intelligenzintensiven Leistungen. Und der Energieverbrauch macht einen tiefgreifenden Wandel durch.

5. Die Arbeit verändert ihr Gesicht

Von besonderer Bedeutung wird nach meiner Meinung eine Entwicklung sein, die in die klassischen technologischen Trendextrapolationen gar nicht hineinpaßt: Es ist die langsame Rücknahme der industriellen Zentralisierung der Produktion. Diese war ein Trend im Rahmen der klassischen (Arbeits-)Produktionserhöhung. Er wurde mit immer höheren, meist zu allem Übel auch noch preislich subventionierten Transportleistungen und großen Naturzerstörungen erkauft. In dem Maße, wie auch beim Transport die Preise die ökologische Wahrheit sagen, werden manche Zentralisierungen unrentabel. Die Scheinrationali-

tät der Just-in-time-Anlieferung würde weitgehend aufgehoben. *Die Fertigungstiefe könnte wieder zunehmen.*
Der vielleicht wichtigste Teil der Arbeitsentwicklung auf dem Weg ins 21. Jahrhundert ist die immer noch weiter andauernde Tertiarisierung, der Trend weg von der bäuerlichen Primärproduktion und der handwerklich-industriellen Sekundärproduktion zur Dienstleistungsgesellschaft. Deutschland hinkt hier übrigens weit hinter den USA und anderen Ländern her. Jetzt schlägt folglich die Rationalisierungswelle in der sekundären Produktion in Deutschland viel härter zu als in vielen anderen Ländern.
Weitere Schwierigkeiten stehen der Industrie ins Haus. Es wird nach meiner Meinung von Jahrzehnt zu Jahrzehnt schwieriger werden, bloße Waren zu verkaufen. Die meisten Waren wird man in Dienstleistungspakete eingebettet verkaufen. Heute schon bekommt der »Endnutzer« von Spezialmedikamenten diese meist gar nicht mehr zu Gesicht. Sie werden vom Arzt oder der Klinik eingekauft und appliziert. Auch Massageöl wird typischerweise nur noch im Dienstleistungspaket verkauft. Ein großer Chemiekonzern hat angefangen, Chemikalien zu verleasen. Und Kopierer und zahlreiche andere Geräte least man ebenfalls oder kauft sie zusammen mit einem eingehenden Wartungsvertrag. Die Wartungsqualität wird zum Qualitätskriterium der *Ware.*
Eine weitere Entwicklung dürfte die fortschreitende Individualisierung der Verbraucherbedürfnisse sein. Dies käme einem Bruch mit dem seit Beginn der Industrialisierung laufenden und heute noch andauernden Trend gleich, welcher standardisierte Produkte geographisch immer weiter

verbreitet. Wenn nun individuelle Nutzungswünsche der Kunden zunehmend berücksichtigt werden *können* (und folglich im Wettbewerb auch *müssen*), wird die Fabrikation von Wegwerf-Massengütern zurückgedrängt und das ökonomische Gleichgewicht der Kundenbetreuung, der Wartung, der Ausbaufähigkeit von Geräten größer.

Die Tertiarisierung alleine ist aber noch nicht die volle Lösungsperspektive für die Arbeit im 21. Jahrhundert.

Erstens kommt auch hier eine massive Rationalisierungswelle auf uns zu. Auch und gerade der öffentliche Dienst wird davon erfaßt. Die Krise der öffentlichen Finanzen erzwingt rasche Fortschritte auch hier.

Zweitens sind Dienstleistungen nicht automatisch umweltverträglicher als die Arbeit in der Landwirtschaft oder der Industrie. Die Jobs von Flugstewardessen oder Fernlastfahrern etwa sind mit viel Umweltverbrauch verknüpft. Auch ein Kreditgeschäft zur Exploration von Ölfeldern ist nicht so harmlos, wie es auf den ersten Blick erscheinen mag.

Drittens ist die Arbeitslosigkeit im sekundären Sektor viel zu umfassend, als daß man sie mit einer noch so forcierten Tertiarisierung einfach lösen könnte.

Kurzfristig wird man der Krise nicht Herr, wenn man auf der scharfen Trennung von Erwerbsarbeit und Arbeitslosigkeit beharrt. Ausgehend von Ostdeutschland breitet sich derzeit in Deutschland die Erkenntnis aus, daß es für Hunderttausende und bald Millionen von Menschen keine Chance geben wird, in eine reguläre Beschäftigung hineinzukommen, und daß ihre einzige Chance für eine sinnvolle Beschäftigung im Entstehen eines »Zweiten Arbeitsmarktes« mit deutlich

geringeren Bezahlungen liegt. Dieser Zustand ist in anderen Industrieländern längst eingetreten, und ich sehe nicht, wie sich der Trend in Deutschland aufhalten ließe.
Worauf es ankommen wird, ist, den Menschen im Zweiten Arbeitsmarkt eine brauchbare soziale Absicherung zu verschaffen und die Sogwirkung in den Ersten Arbeitsmarkt hinein zu verhindern. Das Arbeitsentgelt kann teilweise vom Staat in Form einer »negativen Einkommenssteuer« kommen, also staatlichen Zahlungen, die im Falle geringer privatwirtschaftlicher Vergütung an die Stelle des Arbeitslosengeldes oder der Sozialhilfe treten. Der Anreiz, auch eine minder gut bezahlte Arbeit zu akzeptieren, wird größer, und die mit der Arbeitslosigkeit zusammenhängenden Staatsausgaben würden trotz der gezahlten negativen Einkommenssteuer verringert. Und vor allem hätten Millionen von Menschen wieder eine realistische Arbeitsperspektive; der Überstieg in den Ersten Arbeitsmarkt würde leichter fallen als einem heutigen Arbeitslosen.

6. Eigenarbeit und Umwelt

Auch diese Perspektive ist noch nicht auf Dauer befriedigend. Zu sehr hängt sie noch an der Beschäftigung um der Beschäftigung willen und nicht an der Optimierung des Wohlstandes unter wirklich ernstgenommenen ökologischen Bedingungen.
Um eine tragfähige Perspektive zu erreichen, müssen wir

noch einen Schritt weiter gehen. Nennen wir ihn den Schritt in die »Quartarisierung«, ein Ausdruck, der wohl in den siebziger Jahren von dem exzentrischen ungarisch-französischen Architekten Yona Friedman eingeführt wurde. Hier geht es um die wohlstandsförmige Schrumpfung des Erwerbsarbeitsvolumens und die Rückwanderung von manchen Tätigkeiten in gar nicht oder »schwarz« bezahlte Arbeit sowie die Ausdehnung und bessere Sinnfüllung der Freizeit. Eine Individualisierung der Lebensstile ist zugleich Bestandteil und Voraussetzung der Quartarisierung. Wenn die Effizienzrevolution im Umgang mit den natürlichen Ressourcen Platz greift und wenn ökologisch schädliche Tätigkeiten der heutigen Industriewelt (ohne Wohlstandsverlust) eingespart werden, fallen noch sehr viele weitere Arbeitsplätze weg. Soll in dieser Phase Massenarbeitslosigkeit verhindert werden, dann ist kaum ein anderer Weg als der einer individuell unterschiedlichen Arbeitszeitverkürzung als Lösung vorstellbar. Die Fähigkeit und Neigung, Wohlstand und Lebensbefriedigung in »Eigenarbeit« und Nachbarschaftsarbeit zu schaffen, ist ja von Mensch zu Mensch und von Wohnquartier zu Wohnquartier äußerst verschieden.

Die Effizienzrevolution etwa im Bereich der Wärmeisolation, der Biogaserzeugung und der Rohstoffschonung (z. B. durch Rücksammeln von Glas und Aluminium oder durch Reparierfreundlichkeit von Geräten) haben einen viel höheren Eigenarbeitsanteil als die klassische Energieerzeugung und der Rohstoffbergbau. Also wird ein Teil der projektierten Erhöhung der Energie- und Rohstoffproduktivität gar nicht als Erwerbsarbeit in Erscheinung treten

und wird das gemessene Bruttosozialprodukt sogar schrumpfen lassen. Sie wird gleichwohl von Wohlergehensgewinnen, nicht etwa -verlusten, begleitet sein.
Nun wird aber niemand freiwillig aus der Erwerbsarbeit ausscheiden und anderen Menschen auch nur teilweise Platz machen, solange alle Gratifikationen, die unsere Gesellschaft zu bieten hat, auf der Erwerbsarbeit beruhen: soziales Ansehen, geregeltes Einkommen, soziale Sicherung, Kreditwürdigkeit, oft die Akzeptanz als Mieter bei der Wohnungssuche und bei Ausländern sogar die Aufenthaltsgenehmigung. Wenn wir aus ökologischen Gründen die Erwerbsarbeit schrumpfen lassen müssen (und dabei wegen der Effizienzrevolution kein Wohlstand verlorenzugehen braucht), dann müssen wir dafür sorgen, daß diejenigen, die sich an der heilsamen Schrumpfung aktiv beteiligen, dafür nicht etwa bestraft, sondern belohnt werden.
Wie packt man das an? Am wichtigsten scheint mir, daß man die soziale Sicherung (und die Staatsfinanzen überhaupt) schrittweise vom Erwerbsarbeitsvolumen abkoppelt. Das wird dadurch möglich, daß man das Aufkommen der Umweltsteuer für die Finanzierung des sozialen Netzes verwendet. Wenn die Finanzierung des sozialen Netzes immer weniger durch Erwerbsarbeitsabgaben und vermehrt durch Umweltabgaben geschieht, ist es nur recht und billig, wenn seine Segnungen auch all denen zugute kommen, die direkt oder indirekt Umweltsteuern zahlen, und das sind alle Verbraucher/innen, nicht nur die Beschäftigten.
Im übrigen gibt es seit dem letzten Juli auch ein Verfas-

sungsgerichtsurteil, welches für die Fortentwicklung der Sozialpolitik zu beachten ist: Das »Trümmerfrauenurteil« sagt, daß die Versorgungsansprüche nicht auf die offiziell Beschäftigten beschränkt bleiben dürfen, sondern auch den unbezahlt für die Gemeinschaft Tätigen zugute kommen müssen. Kindergroßziehen und viele andere nichtgewerbliche Arbeiten kommen aber der Gemeinschaft ebenso zugute wie die Arbeit der Trümmerfrauen.

Die Effizienzrevolution, die Wiedererhöhung der Fertigungstiefe im Bereich der Primär- und Sekundärproduktion, Tertiarisierung, Quartarisierung, individualisierte Lebensmuster, originelle Tätigkeitskombinationen und ein auf all diese tiefgreifenden Veränderungen angepaßtes Steuer-, Bildungs- und Ausbildungssystem sind vielleicht einige festzuhaltende Elemente der Perspektiven von Arbeit und Umwelt für das 21. Jahrhundert. Unvermeidlich sind diese Perspektiven noch relativ vage.

7. Heraus aus der Rezession!

Recht sicher bin ich mir allerdings bezüglich der ökologischen Komponente der genannten Perspektive. Die Effizienzrevolution *muß* stattfinden, wenn wir katastrophale Verteilungs- und Migrationskämpfe und -kriege vermeiden wollen.

Diese hohe Gewißheit der ökologischen Randbedingungen möchte ich nun allerdings für eine optimistische Schlußbetrachtung sowie einen Appell nützen. Die Schlußbetrachtung geht hervor aus dem Mitdenken und Mitleiden mit den von der Rezession Betroffenen und Bedrohten.

Wenn man sich fragt, worin die Rezession eigentlich besteht, dann kommt man rasch auf die Beobachtung, daß das deutsche Kapital sich am Standort Deutschland nicht mehr besonders wohl fühlt. Es wandert aus oder wird bei Banken oder in Grundstücken geparkt. Der Grund für diese Zurückhaltung ist einerseits das enorme Kostengefälle etwa zwischen Deutschland und Tschechei, Polen oder China, andererseits eine fundamentale Ungewißheit über den Richtungssinn der industriellen Entwicklung.

In dieser Situation könnte die Ausrufung der neuen technologischen Revolution in Verbindung mit der politischen Festlegung auf eine schrittweise Verteuerung von Energie und Primärrohstoffen sehr wohl zu einem Stimmungsumschlag führen. Wenn die für die Beschäftigungslage so verheerend hohen Lohnnebenkosten schrittweise zu sinken versprechen, dann lockt schon diese Tatsache Pioniergeld aus den Löchern hervor. Wenn weiterhin ein sich verbreiternder gesellschaftlicher Konsens über die neue Fortschrittsrichtung aufgebaut wird, dann ist mit dem Abflauen von wissenschafts- und technikfeindlichen Stimmen zu rechnen. Und wenn Investoren einen verläßlich erscheinenden Pfad vor sich sehen, dann werden sie eher ins Land zurückkehren.

Sind der verläßliche Preispfad und der Stimmungsumschwung einmal da, dann haben sie zunächst positive Effekte für die heutigen Pionierbranchen. Aber nicht nur für sie. Denn diese haben alsbald ihrerseits einen Investitionsbedarf, der die konjunkturell so wichtige Investitionsgüterindustrie ankurbelt. Lawineneffekte, wie sie in den Frühphasen von Kondratieff-Zyklen beobachtet worden sind, könnten ohne weiteres eintreten.

Diese These, daß die ökologische Neubesinnung in Verbindung mit einem wirtschaftsverträglichen und innovationsfreundlichen Instrument, eben der langfristig angelegten ökologischen Steuerreform, die Rezession überwinden könnte, habe ich jetzt schon an verschiedenen Stellen in der Industrie, des Handels und der Banken geäußert. Bislang habe ich noch praktisch keine nennenswerten Widersprüche gehört. Im Gegenteil, die Reaktion war meist deutlich zustimmend.

Wenn das Gesagte richtig ist, dann wäre es auch für das Land Nordrhein-Westfalen und den Großraum Düsseldorf angebracht, sich um die ökologische Neubesinnung zu kümmern. Für Manager, Ingenieure und Wissenschaftler kann es doch eigentlich nichts Besseres geben als einen verläßlichen, neuen Trend, bei welchem dem Techniker etwas abverlangt wird, was nicht durch Zufall weit größere Akzeptanz hat als das ingenieurmäßige Wegrationalisieren von Arbeitsplätzen. Kilowattstunden statt Menschen arbeitslos zu machen sollte ein großer Ansporn sein.

REINER ENGELMANN

Berufe im Umweltschutz*

I. Das freiwillige ökologische Jahr

In allen neuen Bundesländern sowie in den alten Bundesländern Hessen, Baden-Württemberg und Schleswig-Holstein wird Jugendlichen die Möglichkeit zu einem freiwilligen ökologischen Jahr angeboten. Nach den vorliegenden Informationen können sich auch Jugendliche aus den Bundesländern, in denen diese Möglichkeit noch nicht besteht, um eine entsprechende Stelle bewerben.
Mit diesem freiwilligen ökologischen Jahr wird Jugendlichen die Chance geboten, Entscheidungshilfen zu finden in einem Beruf im Bereich Umweltschutz, gleich mit welchem Ausbildungsziel.

* mit freundlicher Unterstützung des Arbeitsamtes

Das freiwillige ökologische Jahr kann bei folgenden Trägern durchgeführt werden:

- anerkannte Naturschutzverbände
- Landwirtschaftskammern
- land- und forstwirtschaftliche Betriebe
- Betriebe im Garten- und Landschaftsbau
- Landschaftspflegeverbände
- ökologische Bildungs- und Forschungseinrichtungen
- und andere mehr.

Nach den einschlägigen Richtlinien dient das freiwillige ökologische Jahr dazu, ökologisches Wissen zu vermitteln, Naturzusammenhänge und Voraussetzungen für eine umweltverträgliche Lebensführung zu verstehen.

Es bietet die Möglichkeit, nicht nur in praktischer Arbeit, sondern auch in mehreren Seminaren, die fester Bestandteil sind, Erkenntnisse zu vertiefen und Einblicke in verschiedene Berufe im Bereich Umweltschutz zu bekommen.

Das freiwillige ökologische Jahr kann zum Teil auf einzelne Ausbildungen als Praktikum angerechnet werden, z. B. bei Studiengängen im Fachhochschul- oder Hochschulbereich.

Weitere Auskünfte erteilen die für den Wohnort zuständigen Arbeitsämter oder Berufsinformationszentren.

II. Ausbildungsmöglichkeiten für Berufe im Umweltschutz

Die Berufe im Umweltschutz werden in drei Schwerpunkte aufgeteilt:

A. Technischer Umweltschutz

Umfaßt die Lösung von Umweltproblemen in den Bereichen Luftreinhaltung, Abfallwirtschaft, Wasserwirtschaft, Lärmbekämpfung, Strahlenschutz, Lebensmittelschutz mit technischen Mitteln	☐ Luftreinhaltung ☐ Wasserwirtschaft ☐ Abfallbeseitigung ☐ Lärm-/Erschütterungsschutz ☐ Gebäudetechnik

B. Ökologischer Umweltschutz

Umfaßt die Steuerung der menschlichen Eingriffe in die Umwelt unter Berücksichtigung von Funktionszusammenhängen und wechselseitigen Abhängigkeiten, so daß das Gleichgewicht der Beziehungen zwischen den Lebewesen zueinander und zu ihrer unbelebten Umwelt nicht bzw. möglichst wenig gefährdet wird	☐ Landwirtschaft ☐ Forstwirtschaft

C. Planerischer Umweltschutz

Umfaßt die vorausschauende Raum-, Landschafts-, Stadt-, Regional-, Verkehrsplanung und Landespflege unter Berücksichtigung der verschiedenen Nutzungsansprüche, so daß bei notwendigen Eingriffen in die Natur Schäden an der Umwelt möglichst gering gehalten werden	☐ Raumplanung ☐ Stadt-/Regionalplanung ☐ Verkehrsplanung ☐ Landschaftspflege

Je nach Schulabschluß gibt es verschiedene Ausbildungsebenen für diese Berufe:

1. Betriebliche Ausbildung (Lehre)
2. Schulische Ausbildung (Fachschule)
3. Studium (Fachhochschule/Universität)

Nach dem Ausbildungsabschluß wird auf allen Ebenen eine berufliche Weiterbildung mit dem Ziel einer zusätzlichen Qualifizierung angeboten.

Beispielhaft für die verschiedenen Berufe im Bereich Umweltschutz werden hier sechs Ausbildungsmöglichkeiten vorgestellt:

1. Umweltschutztechnische/r Assistent/in

Unterrichtsform/Dauer:	Vollzeit, zwei Jahre.
Unterrichtstage, -zeiten	Montag–Freitag, in einigen Bundesländern auch samstags 14tägig, 34–36 Unterrichtsstunden pro Woche, in einigen Bundesländern werden sechs Zusatzstunden in allgemeinbildenden Fächern zum Erwerb der Fachhochschulreife angeboten.
Schulische Vorbildung:	Realschulabschluß oder gleichwertiger Bildungsstand

Bildungsschwerpunkte, -inhalte:	1. Fachtheoretischer Bereich: Mathematik I, Physikalische Chemie, Organische Chemie, Biologie, Hygiene, Verfahrenstechnik, Meß- und Regeltechnik, Umweltrecht und Umweltschutzmaßnahmen. 2. Fachpraktischer Bereich: Organisch-chemisches Praktikum, Umweltanalytisches Praktikum, Praktikum Elektrotechnik, Verfahrenstechnisches Praktikum. 3. Zusatzunterricht zum Erwerb der Fachhochschulreife (freiwillig): Deutsch II, Englisch II, Mathematik II, Wahlfächer: Werkstoffkunde, Rechts- und Verwaltungskunde, Ergänzende Verfahrenstechnik.
Abschluß:	Staatliche Prüfung

2. Umweltberater/in

Unterrichtsform/Dauer:	Vollzeit, drei Jahre.
Unterrichtstage, -zeiten:	Montag–Samstag, 34–37 Stunden pro Woche.
Berufliche Vorbildung:	Mindestvoraussetzung: ein Jahr Berufstätigkeit oder Besuch einer weiterführenden Schule Erwünschte zusätzliche Voraussetzung: Verwaltungspraktikum in einschlägigen Betrieben oder Institutionen (Umweltschutzamt, Wasserwirtschaftsamt, Verbraucherberatung, Umweltberatung, Energieunternehmen)
Schulische Vorbildung:	Mindestvoraussetzung: Mittlerer Bildungsabschluß
Bildungsschwerpunkte, -inhalte:	Umweltschutz, Umweltschutzrecht, Umweltuntersuchungen, Datenverarbeitung mit Organisation und Dokumentation, Textverarbeitung, Volks- und Betriebswirtschafts-

	lehre, Recht, Verwaltung mit Schriftverkehr, Technologie im Berufsfeld, Physik mit Übungen, Chemie mit Übungen, Biologie mit Übungen, Mathematik/Statistik, Deutsch, Englisch, Wirtschafts- und Verwaltungsrecht, Umweltberatung, Öffentlichkeitsarbeit, Verhandlungsführung und Rhetorik.
Abschluß:	Staatliche Prüfung

3. Diplom-Ingenieur/in, Schwerpunkt Landschaftsplanung, -ökologie

Unterrichtsform/Dauer:	Vollzeit, 8 Semester, in einigen Bundesländern mit Vertiefungsstudium 12 Semester.
Schulische Vorbildung:	Allgemeine Hochschulreife, Fachgebundene Hochschulreife
Geforderte Berufs-/ Vorpraxis:	Vorgeschriebenes Praktikum zwischen Abitur und Studienbeginn, wei-

tere Berufspraktika während der Semesterferien oder in vorlesungsfreien Zeiten erforderlich

Bildungsschwerpunkte, -inhalte:

1.–2. Semester: Einführung in das Studium der Landespflege, Allgemeine Botanik, Systematische Botanik, Experimentalchemie, Organische Chemie für Landespfleger, Meteorologie, Klimatologie, Vermessungskunde, Grundlagen der Landschaftsökologie, Grundlagen der Landschaftsarchitektur I, Pflanzenverwendung I, Gestalterische Grundlehren: Grundlagen der Gestaltung, künstlerische Grundlehre, Darstellungsmethodik, Perspektive, Elemente der Landschaftsarchitektur.

3.–4. Semester: Einführung in die wissenschaftliche Methodik der Landespflege, Bodenkunde, Angewandte Landschaftsökologie I, Grundlagen der Landschaftsarchitektur II (Grünplanung), Vegetationskunde, Grundlagen und Probleme des Naturschutzes, Pflanzenverwendung II, Technik des Landschaftsbaus, Karten- und Luftbildauswertung, Grundlagen des Städtebaus. Wahlfächer in den beiden ersten Studienjahren, von denen mindestens eines belegt werden muß: Zoologie, Volkswirtschaftslehre, Gemüsebau, Rechtskunde, Physik, Statistik, Soziologie.

5.–6. Semester: Angewandte Landschaftsökologie mit Projektarbeiten, Grundlagen der Landschaftsarchitektur III und IV (Soziale Bestimmung der Freiraumplanung, Landschaftsplanung – Bauleitplanung, Architekturtheorie – Planungs-

methodik), Vegetationskunde II und III, Ökonomie der Landespflege, Raumordnung und Landesplanung, Waldbau und Forstwirtschaft.
7.–8. Semester: Vertiefung des Fachwissens mit den Fächern Angewandte Landschaftsökologie III mit Projektarbeit, Raumordnung und Landesplanung II.
Zusätzlich werden Wahlfächer angeboten, von denen mindestens eines verpflichtend ist.

4. Ver- und Entsorger/in

Berufsausbildung (3jährige Berufsausbildung)
Es handelt sich um einen anerkannten Ausbildungsberuf nach dem Berufsbildungsgesetz. Die dreijährige Ausbildung erfolgt im wesentlichen im Ausbildungsbetrieb und in der Berufsschule.
Unter bestimmten Voraussetzungen ist eine Verkürzung der Ausbildungsdauer möglich.

Die Ausbildung ist in drei Fachrichtungen möglich:
1. Wasserversorgung
2. Abwasser
3. Abfall

Inhalte und Ablauf

Während der Ausbildung lernen die Auszubildenden laut Ausbildungsrahmenplan beispielsweise im 1. Ausbildungsjahr:

- wie man Arbeitsgeräte und Einrichtungen einsetzt, pflegt und instand hält,
- wie Werkstücke eingesetzt und Werkstoffe bearbeitet werden,
- welche physikalisch-technischen und chemischen Methoden es gibt, um Arbeitsstoffe zu reinigen, zu vereinigen und zu trennen,
- was beim Messen physikalischer Größen und Bestimmen von Stoffkonstanten zu beachten ist;

im 2. Ausbildungsjahr:

- wie installationstechnische Arbeiten durchgeführt werden (z. B. Rohre, Rohrleitungen, Armaturen montieren und demontieren),
- was beim Durchführen von Wartungsarbeiten zu berücksichtigen ist,
- welche Grundlagen der Meß-, Steuerungs- und Regelungstechnik für die Berufsausübung wichtig sind,
- wie man Elektro- und Verbrennungsmotoren sowie Pumpen, Gebläse und Verdichter bedient;

Zwischenprüfung vor dem Ende des 2. Ausbildungsjahres

im 3. Ausbildungsjahr:
1. wie man Wasserversorgungsanlagen bedient (u. a. Wasserförderungs-, Entgasungs- und Dosierungseinrichtungen, Filteranlagen),
1. welche installationstechnischen Arbeiten an Wasserversorgungsanlagen anfallen (z. B. Bruch- und Leckstellen im Rohrnetz reparieren, Leitungen prüfen),
2. wie Abwasser gesammelt und abgeleitet wird,
2. was beim Reinigen von Abwasser zu beachten ist,
3. wie man Abfall annimmt und vorbehandelt,
3. welche Abfallbehandlungsverfahren (Ablagerung, Thermische Behandlung, Kompostierung, Abfallverwertung) man zum Behandeln und Verwerten von Abfall einsetzt.

Abschlußprüfung

Berufsausübung (ausgewählte Merkmale)
Mit abgeschlossener Berufsausbildung ergeben sich u. a. Ausübungsmöglichkeiten in der 1. Trinkwasseraufbereitung, Wasserversorgung, Pumpenwartung, 2. Anlagenführung, Kanalüberwachung/-reinigung, Gerätewartung bzw. in Bereichen der 3. Müllverbrennung, Kompostierung oder Sonderabfallbehandlung.

Tätigkeiten	– Bedienung, Steuerung, Wartung und Überwachung der 1. Wassergewinnungs-, -aufbereitungs-, -verteilungs- und -speicheranlagen 2. technischen Einrichtungen von Kläranlagen 3. Müllverarbeitungsanlagen – Probennahme, Laboruntersuchung – Beseitigung von Störungen, Ausführen einfacher Reparaturen – Führen der Betriebstagebücher und Arbeitsprotokolle – 1. Qualitätskontrolle des Wassers – 2. Reinigung, Kontrolle und Instandsetzung des Kanalnetzes – 2. Sammeln, Ableiten und Reinigen von Abwasser – 3. Müllanalyse, Abfallbehandlung (Deponierung, Verbrennung, Kompostierung, Sonderabfallbehandlung, Recycling), Sammlung, Transport, Lagerung von Abfällen
Arbeitsmittel/ Werkzeuge/ Material	– Steuereinrichtungen, Überwachungssysteme, Ersatzteile – Schraubenschlüssel, Gewindebohrer, Zangen

	– Chemikalien, Laborgeräte und -einrichtungen – 1. Enteisungs-, Ozonerzeugungsanlagen, Einlaufseiher – 2. Pumpen, Filter, Trocknungs- und Fördereinrichtungen – 3. Waagen, Transporteinrichtungen, Kompaktoren
Umgang mit	– Kollegen, Betriebsleitern, Meistern – Laboranten, 1. Rohrnetz- und Elektrofachkräften, 2. Mitarbeitern von Liefer- und Wartungsfirmen, 3. Anlieferern und Produzenten von Abfall, Meß- und Regeltechnikern
Arbeitsort/ Arbeitsumgebung	– 1. Wasserwerke, 2. Kläranlagen, 3. Betriebe der Abfallbeseitigung, Recyclingbetriebe, Deponien – Betriebslaboratorien

Berufliche Weiterbildung

Qualifizierungs- und Spezialisierungsmöglichkeiten

– Teilnahme an Lehrgängen, Kursen oder Seminaren, z. B. über Arbeitssicherheit/Arbeitsschutz, Abfallbeseitigung/Sondermüll/Altlasten, Umweltberatung, Luftreinhaltung, Elektrotechnik, Umweltschutz

Aufstiegsfortbildung (nach entsprechender Berufspraxis)

– Meister/in der Ver- und Entsorgung

- Techniker/in der Fachrichtung Abwasser, Abfalltechnik oder Versorgungstechnik
- Techniker/in für Betriebswissenschaft

5. Diplom-Ingenieur/in (FH) – Umwelt-/und Hygienetechnik/Umweltschutz

Studium (Regelstudiendauer: 6 Semester)

Das Studium Umwelt- und Hygienetechnik/Umweltschutz kann an Fachhochschulen absolviert werden.
Als Zulassungsvoraussetzung gilt die Fachhochschulreife oder ein als gleichwertig anerkannter Abschluß.
Vor bzw. während des Studiums sind Praktika abzuleisten.
Die Regelstudienzeit beträgt 6 Semester.

Inhalte und Ablauf

Das Studium gliedert sich in ein Grund- und ein Hauptstudium.
Im *Grundstudium* werden die naturwissenschaftlichen, technischen, sozialen und wirtschaftlichen sowie die biologischen und ökologischen Grundkenntnisse vermittelt.
Auf dem Stundenplan stehen beispielsweise folgende Bereiche:

- Mathematik
- Physik
- Chemie
- Elektrotechnik

– Gesundheitswesen.

Am Ende des Grundstudiums findet eine **Diplom-Vorprüfung** statt.

Das *Hauptstudium* dient der anwendungsbezogenen Ausbildung. Dabei werden sowohl die Grundlagen vertieft als auch Schwerpunkte gesetzt, z. B. Wasserwirtschaft und Abfallbeseitigung, öffentliches Gesundheitswesen oder Immissions- und Arbeitsschutz. Je nach Schwerpunkt sind die einzelnen Fachgebiete unterschiedlich stark gewichtet. Zu belegen sind u. a.:

– Umwelttechnik
– Analytik, Meßtechnik
– Biomedizin
– Maschinenbau.

Das Studium wird mit der **Diplomprüfung** abgeschlossen.

Berufsausübung

Diplom-Ingenieure (FH) – Umwelt- und Hygienetechnik/Umweltschutz sind in Industrieunternehmen, in Dienstleistungsunternehmen sowie im öffentlichen Dienst bei kommunalen Behörden, Landes- und Bundesbehörden und Verbänden tätig. Daneben bestehen Ausübungsmöglichkeiten im Bereich der Forschung.

Tätigkeiten (Beispiele)

– Messen und Bewerten von Umwelteinflüssen, dabei Durchführung einer Meßplanung, Auswahl der notwendigen Meßsysteme, Erhebung von Daten, Beurteilung der gewonnenen Ergebnisse im Hinblick auf eine

Umweltgefährdung von Menschen bzw. auf die Schädigung der Umwelt

- Entwickeln von Verfahren und Techniken zum Schutz der Umwelt, Ergreifen von Abwehrmaßnahmen, Ableiten von Sanierungserfordernissen
- Überwachen von Schadstoffkonzentrationen, z. B. Fernüberwachung von Kernkraftwerken
- Mitwirken bei behördlichen Entscheidungen bei Maßnahmen zum Schutz der Umwelt, z. B. Smogalarm oder Verbot privaten Autoverkehrs
- Erfassen, Auswerten und Aufbereiten von Meßergebnissen (z. B. Abwassermengen mit Stoffkonzentrationen und Frachten pro Monat) und Bereitstellen dieser Ergebnisse für Behörden
- Mitarbeit bei der Entwicklung von Zielkonzeptionen, Planung und Begutachtung von Wohngebieten, Erstellung von Emissions- und Immissionsprognosen, Industriegebieten, Verkehrswegen, Ver- und Entsorgungsbereichen und Abfallbeseitigungsgebieten unter Berücksichtigung ökologischer und umwelthygienischer Belange
- Übernehmen von Beratungsaufgaben, z. B. in Krankenhäusern bzgl. krankenhaushygienischer Maßnahmen sowie in Firmen und Behörden

Berufliche Weiterbildung (Beispiele)

Weiterführende Studiengänge

- Ingenieurinformatik
- Maschinen und Anlagen der Umwelttechnik
- Studienkurs Technische Informatik

- Technologie in den Tropen
- Umweltberatung

6. Diplom-Ingenieur/in – Technischer Umweltschutz

Studium (Regelstudiendauer: 10 Semester)
Das Studium des Technischen Umweltschutzes erfolgt an Universitäten.
Als Zulassungsvoraussetzung gilt die Hochschulreife bzw. ein als gleichwertig anerkannter Abschluß.
Die Regelstudienzeit beträgt 10 Semester.
Während des Studiums müssen Praktika abgeleistet werden.

Inhalte und Ablauf
Das Studium gliedert sich in ein Grund- und ein Hauptstudium.
Das *Grundstudium* dient in erster Linie der Vermittlung der naturwissenschaftlichen, ingenieurwissenschaftlichen, wirtschafts- und rechtswissenschaftlichen Grundlagen sowie der Vermittlung von Grundkenntnissen in wichtigen Umweltgebieten und der Einführung in ökologische Fragen.
U. a. stehen dabei folgende Fächer auf dem Stundenplan:
- Allgemeine, Anorganische und Organische Chemie
- Mathematik, Physik
- Technische Wärmelehre
- Wärme- und Stoffübertragung

– Bilanzgleichungen
– Strömungslehre
– Umweltökonomie
– Umweltrecht
– Umwelttechnik.

Das Grundstudium, in dem auch ein Praktikum absolviert werden muß, wird mit der **Diplom-Vorprüfung** abgeschlossen.

Im *Hauptstudium* entscheiden sich die Studierenden für ein Vertiefungsfach (z. B. Abfallwirtschaft, Luftreinhaltung, Schallschutz oder Wasserreinhaltung) und für zwei Hauptfächer. Hinzu kommen Wahlpflichtfächer.

Innerhalb der verschiedenen Bereiche werden u. a. folgende Lehrveranstaltungen angeboten:

– Abfallvermeidung und Sekundärrohstoffwirtschaft
– Sondermüllentsorgung Deponie
– Messung und Beurteilung von Luftschadstoffen
– Meteorologie für Umwelttechniker
– Geräuschbekämpfung
– Technische Akustik
– Meßtechnik der Wasserreinhaltung
– Bedeutung der Trinkwasserverordnung.

Das Hauptstudium, in dem ebenfalls ein Praktikum abzuleisten ist, endet mit der **Diplom-Hauptprüfung.**

Berufsausübung

Diplom-Ingenieure – Technischer Umweltschutz sind zumeist in leitender Funktion in der Wirtschaft (Industrie, Handel und Vertrieb) oder in der Verwaltung (Gewerbeaufsichtsamt, Wasserwirtschaftsamt) tätig. Daneben bieten sich Ausübungsmöglichkeiten in Forschung und Lehre.

Einsatzbereiche (beispielhaft mit Tätigkeiten)

- Industrie:
  Mitwirkung bei der Planung, der Projektierung und Koordinierung von Anlagen der Umwelttechnik wie z. B. Maschinen und Anlagen für die Sammlung und den Transport von Abfällen (Abfallwirtschaft) oder Maschinen und Anlagen zur Entstaubung und zur Reinigung von Industrieabgasen (Luftreinhaltung); Mitwirken bei der Entwicklung und Vervollkommnung von Geräten für Umweltmeßtechnik wie beispielsweise Probesammler für die Überwachung von Industrie-, Oberflächen-, Brauch- und sonstigen Abwässern; Mitarbeit bei der Entwicklung und Einführung umweltfreundlicher Verfahren und Produkte
- Handel und Vertrieb:
  Beraten von Kunden über Eignung und Verwendbarkeit von Produkten; Mitarbeit im Kundendienst, dabei Erkennen der Ursachen bei Fehlern im technischen Ablauf der Geräte und Maschinen sowie Sorgen für deren Beseitigung
- Technische Überwachungsvereine:
  Erstellen von Gutachten zur Luftreinhaltung, zum Lärmschutz, zur Reinhaltung der Gewässer und des Bodens, zur Beseitigung fester und flüssiger Abfälle; Durchführen von Emissions- und Immissionsüberwachung
- Verwaltung:

Untersuchen, Überwachen, Kontrollieren und Beseitigen von Mängeln im Bereich der Gesundheitsfürsorge und des Umweltschutzes, z. B. durch Abgabe von Gutachten und Beratung des Amtsarztes; Mitwirkung bei der Gewerbeaufsicht

– Forschung und Lehre:
  Wissenschaftliche Mitarbeit in der Umweltforschung, u. a. in den Bereichen Boden- und Lufthygiene, Gewässerschutz, Technische Akustik; Durchführen von Lehrveranstaltungen

Berufliche Weiterbildung (Beispiele)

Weiterführende Studiengänge

– Energiewirtschaft
– Grundzüge der Informatik
– Wirtschaftswissenschaften für Ingenieure

Promotion

III. Beratung

Der Beratungsdienst des Arbeitsamtes (Berufsberatung) umfaßt zwei Bereiche:

1. Berufsorientierung

Berufsberater gehen nach terminlichen Absprachen in Schulklassen und geben Schülerinnen und Schülern Orientierungshilfen zur Berufsfindung. Dabei werden Zugangsvoraussetzungen zu den verschiedenen Berufen dargestellt, ein Überblick über Ausbildungsinhalte gegeben und zukünftige Berufschancen beschrieben.

2. Berufsberatung

Berufsberatung ist eine Einzelberatung, das heißt, der Berufsberater gibt dem Schüler, der Schülerin bzw. dem Jugendlichen umfassende Informationen über den angestrebten Beruf sowie Hinweise auf betriebliche und schulische Ausbildungsmöglichkeiten oder Studiengänge.

Die erste Elegie*

Geschrieben in der Nacht vom 27. zum 28. Dezember 1980 in Lupinari – Toscana

Anstatt sie zu betreten
treten wir auf die Welt.
Wie eine Silbe doch entscheidend scheiden kann!
Wie erst ein Wort!

Als wir noch schliefen
warn die Wörter schon gemacht
und alles was wir heute niedrig sehen
war immer groß genug
uns aufzunehmen ins Geschehen.

Wie sich die Luft noch niemals wünschte
Mensch zu sein
sieht alles was sich selbstlos gibt
sanft lächelnd auf uns nieder.

Ach würden wir an solcher Größe uns gestalten
die es ertragen kann
von uns geschändet und zerstört zu werden.

Uns birst die Lunge
wir vergehn vor Schmerz und Wut
wenn wir die letzten Bäume fällen.

Und wie bedauert uns das Tier!
Mit welchem warmen Mitleid
wacht die Erde über uns
wenn wir sie quälen.

Armselig sind die Herrschenden
denn sie genügen sich nicht selbst.
Und was wir uns auch immer neu zu schaffen glauben
verkleinert nur, was längst geschaffen war.

Die Welt hält stand.
Selbst wenn wir sie in Stücke jagen –
wir gehen nur an dem zu Grund
was wir verstehn.

Nichts ist erklärbar.
Nur im Unsichtbaren
lernen wir zu sehen.

---

* aus: »Und die Seele nach außen kehren« von Konstantin Wecker

BARBARA VEIT

Der verlorene Traum

Es war an einem der vielen heißen Nachmittage in Perth, Westaustralien. Ein ganz normaler Nachmittag. Die Menschen schwitzten, liefen trotz allem schneller über die Straßen, als sie eigentlich konnten. Im kleinen Park nahe dem Swan River, im Schatten der großen Morton-Bay-Feigenbäume, lagen ein paar Aborigines herum. Schwarze Männer, halbleere Schnapsflaschen neben sich. Sie lagen ausgestreckt zwischen den Wurzeln der Riesenbäume, die sich wie Schlangen über das verdorrte Gras wanden.

»Widerlich«, sagte Joseph zu seinem Freund. Joseph war auf Urlaub in Australien. Er war hier, um die weite Landschaft zu erleben, Abenteuer vielleicht wie Crocodile Dundee, den er im Fernsehen gesehen hatte.

»Widerlich«, sagte er nochmals.

Sein Freund sah ihn fragend an, denn er wußte nicht genau,

ob Joseph die betrunkenen Aborigines meinte oder vielleicht die Hitze, die Autoabgase?
»Die Kerle da«, sagte Joseph und wies auf die Betrunkenen, die mit halbgeöffneten Mündern tief zu schlafen schienen.
Josephs Freund runzelte leicht die Stirn.
»Es ist traurig«, antwortete er. »Es sieht zwar widerlich aus, aber es ist eigentlich traurig.«
»Wieso traurig?« fragte Joseph. »In Europa gibt es jede Menge Besoffene, die rumliegen. Das ist zwar auch traurig, aber vor allem widerlich.«
Josephs Freund senkte den Kopf.
»Die Betrunkenen in Europa sind vermutlich fast alle weiß. Du wirst in Australien nur selten einen betrunkenen Weißen auf der Straße finden. Die Polizei ist schnell damit, betrunkene Weiße aufzulesen. Kein Weißer würde es wagen, sich hier in diesem Park zu betrinken. Das ist den Aborigines, unseren Ureinwohnern, vorbehalten. Eine traurige Form der Freiheit.«
»Sie müssen ja nicht trinken«, antwortete Joseph. »Sie können leben wie alle anderen auch. Das ist doch ein freies Land, oder?«
»Sehr frei«, antwortete sein Freund, und seine Stimme hatte einen seltsamen Unterton.
Joseph sah ihn von der Seite an. Sein Freund hieß Philip van Dyke, er war Australier holländischer Abstammung. Seine blonden Haare zeigten seltsamerweise dunkle Wurzeln, als hätte er sie gefärbt. Philip war sehr braun, doch das war klar, denn sein Hobby war Surfen. Nicht Windsurfen, sondern Wellensurfen.

»Wie meinst du das?« fragte Joseph.
Philip schüttelte seine halblangen Haare und schaute hinüber zum Fluß.
»Das ist ziemlich kompliziert«, antwortete er. »Es gibt jede Menge Freiheit hier und jede Menge Unfreiheit. Das ist ein besetzter Kontinent, mußt du wissen.«
Joseph blieb stehen.
»Ein besetzter Kontinent! Ich sehe keine Truppen – lauter friedliche Leute, die arbeiten, am Abend ihr Barbecue grillen und am Wochenende zum Baden fahren. Fast wie in Europa.«
»Das ist alles richtig«, lächelte Philip, »aber sie leben eben wie in Europa, und das hier ist Australien. Die Leute gehören eigentlich nicht hierher. Sie kamen vor 200 Jahren und blieben. Sie haben auch nicht gefragt, ob sie vielleicht bleiben könnten, weil das Leben in Europa schlecht war. Sie besetzten dieses Land und brachten den größten Teil der ursprünglichen Bewohner einfach um. Es waren in ihren Augen ja nur nackte Schwarze, eigentlich keine richtigen Menschen – bloß Primitive!«
Joseph schwieg. Er wußte nicht, was er antworten sollte. Philip sah zornig aus, die letzten Worte hatte er heftig hervorgestoßen.
Schweigend gingen sie nebeneinander her.
»Ich werde dir etwas zeigen«, sagte Philip nach einer Weile. »Laß uns zum Wagen zurückgehen.«
Joseph nickte. Es war ohnehin zu heiß, um noch weiter herumzulaufen. Joseph kannte Philip erst seit ein paar Tagen. Philip war der Sohn seiner Gastgeber. Sein Bruder auf Zeit

sozusagen, denn Joseph nahm an einem Schüleraustausch zwischen Deutschland und Australien teil. Philip war ein Jahr älter als Joseph, ziemlich genau 18, und Philip war merkwürdig. Zwar unheimlich nett und hilfsbereit, doch dann wieder total verschlossen und fast ablehnend. Joseph wurde nicht ganz klug aus ihm. Philips Eltern, die van Dykes, waren sehr freundlich. Sie lachten viel und schienen nichts besonders ernst zu nehmen, außer Buschfeuern und Kriminellen. Philip war irgendwie anders. Joseph fand, daß er seinen Eltern auch überhaupt nicht ähnlich sah.
Joseph blieb neben Philips Auto stehen. Er wartete darauf, daß Philip die Tür öffnete. Doch Philip wartete neben ihm, grinste. Joseph schaute ihn fragend an, dann wurde er rot.
»Entschuldige!« sagte er. »Ich muß mich erst daran gewöhnen, daß die Beifahrertür links ist.«
»Ist schon in Ordnung«, antwortete Philip, »mir würde es in Deutschland genauso ergehen.«
»Was willst du mir zeigen?« fragte Joseph, als sie losfuhren. Philip antwortete nicht sofort. Seine langen, lockigen Haare wehten im Fahrtwind. Er starrte konzentriert auf die Straße, reihte den Wagen in den mehrspurigen Kreisverkehr ein und bog mit quietschenden Reifen zur Brücke über den Swan River ab. Auf dem gegenüberliegenden Flußufer türmte sich ein seltsamer, pyramidenartiger Bau. Philip streckte seine Arme aus dem Fenster und zeigte auf die Betonpyramide.
»Das ist das Spielkasino!« rief er gegen den Straßenlärm an. »Da ziehen sie den armen Leuten das Geld aus der Tasche. Du müßtest das mal sehen. Da sitzen Hunderte vor irgendwelchen Automaten oder an Spieltischen und hoffen auf

das große Geld. Einziges Ergebnis ist, daß die Leute alles verspielen, was sie haben. Das ist wirklich widerlich!«
»Wolltest du mir das zeigen?« fragte Joseph.
Philip schüttelte den Kopf.
»Was dann?« fragte Joseph ein wenig ungeduldig. Manchmal wurde er wirklich nicht klug aus Philip.
»Geduld«, sagte Philip und machte eine unbestimmte Bewegung in Richtung auf die Bergkette, die hinter den niedrigen Häusern zu sehen war.
»Fahren wir in die Berge?« Joseph spürte Ärger in sich aufsteigen. Warum nur machte Philip so ein Geheimnis um seine Pläne?
Philip aber reagierte noch immer nicht. Es schien ihm völlig egal zu sein, was Joseph sagte oder dachte. Er fuhr schnell, überholte zwei Riesentrucks. Sie hatten inzwischen die Vorstädte erreicht. Unzählige Einfamilienhäuschen säumten die Straße. Die Gärten davor waren sorgfältig gepflegt. Aus einem kleinen Waldgebiet hinter den Häusern stiegen dicke Rauchwolken auf.
»Da brennt es!« rief Joseph. »Sieh nur!«
Philip warf einen kurzen Blick zu den schwarzen Wolken hinüber, die sich vor den blauen Himmel schoben.
»Ein Buschfeuer«, bemerkte er gelassen, »nichts Besonderes.«
Joseph wagte es nicht, mehr zu fragen. Er hatte entsetzliche Buschfeuer im Fernsehen gesehen. Buschfeuer, die ganze Städte bedrohten. Aber für Philip schien ein Buschfeuer nichts Beunruhigendes zu sein.
Doch dann sprach Philip plötzlich weiter.

»Im Sommer brennt es hier ständig. Irgendwelche Idioten zünden die trockenen Büsche an, um ihren Spaß zu haben. Manchmal bricht so ein Feuer auch aus, weil die Hitze zu groß ist.« Damit verstummte er wieder und konzentrierte sich auf die Straße.

Die Vorstädte schienen kein Ende zu nehmen. Sie fuhren eine halbe Stunde, ehe sie freie Felder und Buschland erreichten. Eigentlich hatte Joseph sich Australien ganz anders vorgestellt. Jedenfalls keine hochmoderne Großstadt wie Perth mit Unmengen von Autos und Geschäften. Immerhin hatten seine Gasteltern ihm versprochen, daß sie für ein, zwei Wochen mit ihm in die Wildnis zum Campen fahren würden.

Philip bog von der Hauptstraße ab und lenkte den Wagen über einen staubigen Weg in die Berge. Sie fuhren durch lichten Eukalyptuswald. Große und kleine Graspalmen wuchsen am Wegrand, seltsame Pflanzen, deren Kronen wie lustige Perücken aussahen.

»Weißt du, wie man sie hier nennt?« fragte Philip.

Joseph zuckte die Achseln.

»Blackboys – aber seit einiger Zeit ist das verboten, weil es ein rassistisches Wort ist!« Philip lachte auf.

Joseph fühlte sich ratlos. Blackboy, das hieß einfach »schwarzer Junge«.

»Wieso rassistisch?« fragte er und kam sich blöde vor.

»Sieh mal diese Graspalme an«, antwortete Philip und bremste scharf. Der Stamm des Baumes war schwarz, regelrecht verkohlt. Er ragte hoch auf. Seine Krone aber war buschig und grün, wie der Kopfschmuck eines Fabelwesens. Plötzlich begriff Joseph. Irgendwer hatte den Bäumen

ihren Namen gegeben, weil sie ihn an Ureinwohner erinnerten. Schwarze Männer mit grünen Haaren.
»Kapiert?« fragte Philip. Joseph nickte. »Blackboys haben tausend Leben«, fuhr Philip fort. »Man kann sie verbrennen, abhacken . . . sie werden immer neu austreiben. Sie überleben alle Buschfeuer. Erstaunliche Pflanzen. Nur wenn du alle ihre Wurzeln ausgräbst und zerstörst, dann stirbt auch ein Blackboy.«
Joseph kletterte aus dem Wagen und ging zu dem Baum. Er berührte den borstigen, rußigen Stamm, schaute zu dem lustigen Haarbusch hinauf, der all der Hitze und Trockenheit zu trotzen schien. Der Baum trug sogar eine Feder am Hut, eine Art Blüte an einem langen Stiel.
Philip war ebenfalls ausgestiegen und lehnte am Wagen. Er beobachtete Joseph.
»Erstaunlich, nicht wahr?« rief er ihm zu. Joseph nickte. Das hier war ganz plötzlich Australien, wie er es sich vorgestellt hatte. Nur wenige Kilometer von Perth entfernt befanden sie sich mitten im Busch. Unter ihnen lag die Küstenebene. Der Indische Ozean glitzerte am Horizont. Die große Stadt bedeckte die Ebene wie ein bröckeliger Brei. Nur die Hochhäuser des Zentrums ragten aus dem Brei heraus. Der Swan River ruhte träge zwischen den Häusern, glich einer Schlange, die gerade gefressen hatte. Auf der rechten Seite grenzten riesige Felder an die Stadt, von der Hitze ausgebleichte Felder. Hin und wieder ragte eine Gruppe von Bäumen auf, manche waren nur noch Baumgerippe, tote Riesen mit weißen Knochenstämmen. Der Himmel kam Joseph viel höher und durchsichtiger vor als irgendwo anders.

Er stand ganz still. Für ihn war diese Landschaft so gewaltig, daß er kaum zu atmen wagte. Bisher hatte er nur die Stadt und den Strand erlebt. Er konnte sich die Autos da unten vorstellen, sah die Smogwolke über der Stadt hängen. Doch der Himmel war viel höher und weiter – der Smog reichte nicht hinauf. In Europa hatte Joseph immer das Gefühl, als stieße der Dreck direkt an den Himmel.
»Es ist wunderschön«, sagte er nach einer Weile. »Danke, daß du mich hierhergebracht hast, Philip.«
Philip lachte ein wenig spöttisch, dann begann er leise zu sprechen.
»Vielleicht ist es ganz natürlich, daß du diese Landschaft wunderschön findest. Wahrscheinlich ist sie ganz anders als die Landschaften in Europa. Da ist das Meer, der hohe Himmel, die endlose Ebene. Aber für mich ist diese Landschaft nicht schön. Es ist eine zerstörte Landschaft.«
Joseph runzelte die Stirn und sah Philip fragend an. Doch er konnte den Gesichtsausdruck des jungen Mannes nicht erkennen. Philip war ein dunkler Schattenriß in der grellen Sonne. Joseph spürte die Hitze auf seiner Haut und seltsamerweise auch in seinem Körper, so als durchbohrten ihn die Sonnenstrahlen. Dann sprach Philip weiter, leise und eindringlich.
»Versuche einfach dir vorzustellen, was ich dir jetzt erzähle: Roll diese Riesenstadt auf wie einen Teppich, und stell sie zur Seite. Unter der Stadt liegen Sümpfe, Wälder, Buschland, ein Flußdelta und viele Lagunen nahe dem Meer. Millionen von Vögeln leben dort unten. Schwarze Schwäne, Pelikane, Enten, Papageien, Krähen, kleine und große Vögel. Es wimmelt

von Känguruhs, Wombats, Echsen. Flüsse und Lagunen sind voll von Fischen. Das Wasser ist klar . . .«

Joseph fühlte sich plötzlich ein wenig schwindlig. Es ist die Sonne auf meinem Kopf, dachte er, aber es kann auch Philips Stimme sein.

Joseph schaute auf die Stadt hinunter. Sie schien tatsächlich zu verschwinden. Er konnte die Sümpfe, Wälder und Lagunen sehen, die Rufe der Vögel hören. Seine Hände umklammerten den Stamm der Graspalme.

»Dann schau nach rechts. Siehst du die verdorrten Viehweiden, die riesigen Felder? Da stehen auch ein paar Bäume. Riesige Bäume, nicht wahr. Einige sind tot. Baumskelette. Sie sind gestorben, weil ihre Wurzeln das Grundwasser nicht mehr erreichen oder weil die Böden zu salzig sind. Jetzt stell dir vor, daß alle Felder mit riesigen Bäumen bewachsen sind. Stell dir einen endlosen Wald vor, undurchdringlich für Menschen, die ihn nicht kennen. Einen Wald, der sich über Hunderte von Kilometern erstreckt. Das Land ist grün, und es duftet nach Eukalyptus.«

Joseph atmete tief ein. Er konnte die Eukalyptusbäume riechen. Die riesigen Wälder breiteten sich vor seinen Augen aus. »Wenn du das alles sehen kannst, dann stell dir ein paar Menschen vor, die dort unten herumwandern. Sie kennen die Wälder und die Sümpfe ganz genau. Sie wissen, wo sie Nahrung finden können. Diese Menschen leben in kleinen Gruppen. Sie jagen und fischen, sammeln Wurzeln, Blätter und Früchte. Sie kennen die Honigameisen und wissen, wo es sauberes Wasser gibt. Sie bewegen sich auf Pfaden, die man nicht sehen kann. Es sind Traumpfade,

Energielinien – man kann sie singen, aber nicht sehen. Die Menschen dort unten wissen, daß die Erde nur ein Traum ist. Der Traum ihrer Ahnen. Sie wissen, daß all die Tiere und Pflanzen aus Träumen entstanden sind, aus den Träumen von gottähnlichen Vorfahren. Und sie wissen auch, daß sie sorgsam mit all den Geschenken und Reichtümern umgehen müssen. Sie dürfen die Gesetze der Traumzeit nicht verletzen. Seit 50.000 Jahren, vielleicht noch länger, wandern diese schwarzen Menschen über den australischen Kontinent. Sie haben keine Städte gebaut, keine festen Häuser. Sie haben keine Felder angelegt, kein Vieh gezüchtet, keine Zäune gezogen. Sie lebten von dem, was die Natur für sie bereithielt.«

Philip verstummte. Noch immer konnte Joseph ihn nicht deutlich sehen. Die Sonne stand hoch. Philip war nur ein harter Schatten mit goldenen Haaren. Joseph versuchte sich vorzustellen, wie die Aborigines gelebt hatten. Doch immer wieder schoben sich die Bilder der Betrunkenen vor seine Augen. Bilder schwarzer Männer mit breiten Nasen, schmutzigen Hosen und zerrissenen Hemden, die nach Fusel stanken. Er konnte sich das Land vorstellen, aber nicht die Menschen. Es mußten stolze und würdevolle Menschen gewesen sein. Doch an den Aborigines, die er bisher gesehen hatte, war nichts Würdevolles. Joseph fand sie häßlich und ein bißchen unheimlich.

»Vor knapp 200 Jahren landeten dann weiße Männer an den Küsten dieses Kontinents. Sie fanden das Land wild und eigentlich unbewohnbar. Doch dann bauten sie ein paar Häuser und gingen daran, die Wildnis zu erkunden.

Sie erklärten das Land für unbewohnt, denn die schwarzen Wilden zählten für sie nicht als Menschen. Es waren in ihren Augen eher Tiere, eine primitive Vorform von Menschen vielleicht. Die weißen Männer besetzten das Land. Wenn die schwarzen Menschen sich wehrten, dann wurden sie umgebracht. Viele von ihnen starben sowieso, denn die Krankheiten der Weißen rafften sie dahin.«

»Hör auf!« sagte Joseph. »Ich habe schon jede Menge solcher Geschichten gehört. Es gibt sie überall auf der Welt.«

Philip blieb eine Weile stumm. Schweigend schauten sie über das weite Land. Dann räusperte sich Philip.

»Ich würde aber gern weitererzählen, wenn du nichts dagegen hast. Die weißen Männer begannen das Land zu roden. Sie benutzten die schwarzen Menschen als Sklaven, die für sie arbeiten mußten. Die schwarzen Menschen wurden gezwungen, Bäume umzuhacken, ganze Wälder abzuholzen. Man machte die schwarzen Männer zu Viehhirten, die schwarzen Frauen zu Dienerinnen. Schwarze Frauen bekamen Kinder von den weißen Männern. Doch die Kinder wurden ihnen weggenommen und in Klosterschulen gesteckt. Die weißen Männer und Frauen waren überall. Es gab nur wenige Gebiete, die sie nicht erreichen konnten. Nur dort lebten die schwarzen Männer und Frauen weiter in den Gesetzen der Traumzeit. Wenige waren von ihnen übriggeblieben. Manche Stämme waren ganz ausgerottet worden. Es erging ihnen wie den Blackboys, den Grasbäumen. Man konnte sie nicht verbrennen, nicht umhacken, doch wenn man ihre Wurzeln zerstörte, dann mußten sie sterben.«

»Hör endlich auf!« sagte Joseph heftig. »Warum erzählst du

mir das alles?« Philip wandte sich langsam zu ihm um. Jetzt konnte Joseph sein Gesicht wieder sehen. Und es war seltsam. Plötzlich hatte er das Gefühl, daß Philip ein Aborigine war: sein gebräuntes Gesicht, die kräftige Nase, die dunklen Augen. Auch das Haar paßte. Es gab blonde und sogar rothaarige Aborigines. Joseph hatte sie in Perth gesehen.

Er hob seine rechte Hand schützend vor seine Augen. Es war die Sonne und Philips seltsame Art zu erzählen. Jetzt sah Philip wieder aus wie ein ganz normaler junger Australier.

»Du machst mich ganz verrückt mit deinen Geschichten«, sagte Joseph und versuchte ein Lachen. »Eben hatte ich sogar eine Vision. Ich habe dich als Aborigine gesehen.«

Philip starrte Joseph an. Er lachte nicht.

»Warum ich dir das erzähle?« wiederholte er Josephs Frage. »Eigentlich müßtest du die Antwort selbst wissen. Ich erzähle es dir, um dir zu erklären, warum betrunkene schwarze Männer und Frauen in den australischen Städten herumliegen. Es sind Menschen, deren Wurzeln aus der Erde gerissen wurden. Sie haben ihren Traum verloren, ihre Pfade sind zerstört, deshalb trinken sie. Das ist widerlich, nicht die Menschen.«

Joseph senkte den Kopf. Philip hatte ja recht. Trotzdem verstand Joseph nicht, warum Philip sich so einsetzte.

»Und du?« fragte er deshalb. »Du bist der Sohn eines Holländers, der ebenfalls dieses Land mitbesetzte. Warum bist du hier, wenn du die ganze Geschichte so schlimm findest?«

Philip fuhr mit der Hand über sein Gesicht, um den Schweiß abzuwischen.

»Eben deshalb!« antwortete er. »Der Traum ist ja nicht tot. Er

wartet nur darauf, daß er weitergeträumt wird. Auch dieses Land ist noch nicht tot. Man kann neue Bäume pflanzen, man kann versuchen, die Wunden der Erde zu heilen. Es gibt noch schwarze Männer und Frauen, die wissen, wie man in diesem Land leben kann, ohne es zu zerstören.«
»Aber du bist weiß und heißt van Dyke«, sagte Joseph.
Philip richtete sich auf. Er lächelte plötzlich fast sanft.
»Nein«, antwortete er.
»Was?«
»Nein«, wiederholte Philip. »Ich bin nicht weiß, und van Dyke ist der Name meiner Adoptiveltern. Meine Mutter war eine Halbaborigine, mein Vater hatte eine schwarze Großmutter.«
Joseph schloß kurz die Augen. Die Hitze war unerträglich. Doch nicht nur die Sonne war schuld daran, eine andere Hitze brach aus ihm selbst. Joseph schämte sich. Er dachte an seine verächtliche Bemerkung über die Aborigines im Park. Es war nicht nur eine Bemerkung über ein paar Besoffene gewesen. Er hatte diese Schwarzen mit den breiten Nasen wirklich verachtet. Auch die nüchternen. Er hatte Aborigines immer als ganz besonders häßliche Menschen empfunden, schon auf Fotos oder in Filmen über Australien. Sie waren für ihn Steinzeitmenschen gewesen, die bestenfalls ins Museum gehörten.
Daß Philip zur Hälfte oder mindestens zu einem Drittel Aborigine war, ließ Joseph fast schwindlig werden. Er hatte sich Philip von Anfang an unterlegen gefühlt. Philip war obercool, hatte schon seinen Schulabschluß, durfte Auto fahren, sah gut aus und war ein extrem guter Wellensurfer.

Aber das spielte jetzt überhaupt keine Rolle mehr. Joseph schämte sich einfach. Er hatte stets von sich geglaubt, kein Rassist zu sein.
Da stand er nun, umklammerte einen Blackboy und glühte vor Scham und Hitze. Er wußte nicht, was er Philip sagen sollte. Jeder entschuldigende Satz mußte dumm oder anbiedernd klingen. Sein Blick schweifte hilflos über die Landschaft, die ihm vor wenigen Minuten noch so gewaltig und schön vorgekommen war. Jetzt konnte er sehen, daß sie zerstört war. Philip hatte ein anderes Bild in sein Herz gepflanzt.
»Reg dich nicht auf«, sagte Philip ein wenig spöttisch. »Du konntest das alles nicht wissen. Viele Australier wissen es auch nicht. Es interessiert sie einfach nicht. Sie wollen nur Geld verdienen und möglichst viel aus diesem Land herausholen. Bei dir ist das anders. Du kommst aus Europa. Du bist ein Gast. Ich danke dir, daß du zugehört hast.«
Philip ging zum Wagen und stieg ein. Langsam löste sich Joseph von dem schwarzen Baumstamm und folgte ihm.
»Philip«, sagte er leise, als er sich auf den Beifahrersitz fallen ließ. Philip schaute ihn fragend an.
»Es tut mir leid, daß ich so gedankenlos war«, murmelte Joseph. »Ich danke dir, daß du mir diese beiden Landschaften gezeigt hast. Die wirkliche und den Traum, den verlorenen Traum.«
Philip lächelte bitter. »Ich werde dir den lebendigen Traum zeigen. Es gibt ihn noch. Und ich werde alles tun, damit er lebendig bleibt.« Er fuhr los. Eine rote Staubwolke folgte ihnen, bis sie die Hauptstraße wieder erreicht hatten.

HANS-MARTIN GROSSE-OETRINGHAUS

Wenn die Felder zu klein sind

Ich weiß nicht, ob es Sinn hat.« Der Vater trat mit Patrice aus dem Haus. »Aber ich werde es trotzdem versuchen. Wir brauchen einfach mehr Land. Von dem kleinen Feld kann doch keine ganze Familie satt werden.«
Er steckte sein Haumesser hinter den Gürtel. Weit außerhalb des Dorfes, hinter den Hügeln, gab es Hänge, die man noch roden konnte. Aber sie lagen eigentlich viel zu weit entfernt, als daß man sie regelmäßig bewirtschaften konnte. Sehr fruchtbar waren sie auch nicht. Und zudem steil. Aber wenn wenig Land vorhanden war, mußte man jedes Fleckchen Erde nutzen.

Die normale Arbeit mußte trotzdem weitergehen. Es war Zeit, die Kakaosetzlinge in die Erde zu bringen. Darum sollte Patrice heute alleine aufs Feld.

Patrices Vater wußte, daß er sich auf seinen Sohn verlassen konnte, auch wenn er erst elf Jahre alt war.
»Und denk daran: Du kannst ruhig jede Reihe etwas länger machen. Immer noch ein paar Pflanzen aufs Feld des Nachbarn! Der merkt das bestimmt nicht. Und uns hilft jeder zusätzliche Zentimeter.« Der Vater lachte. »Na, du verstehst schon.«
Dann machte er sich auf den Weg. Patrice packte sich die Setzlinge in einen Korb, nahm noch einen kleinen Kanister voll Wasser mit und ging in die entgegengesetzte Richtung, dorthin, wo ihr Feld lag.

Die Sonne stand bereits hoch am Himmel, als Patrice dort ankam. Er machte sich gleich an die Arbeit. Mit der Hacke lockerte er den Boden auf, formte dann mit beiden Händen kleine Löcher in die Erde, setzte die Pflanzen hinein und drückte die Erde wieder vorsichtig an. Es war eine mühsame und anstrengende Arbeit. Schon bald tat Patrice der Rücken weh. Immer, wenn eigentlich eine Reihe zu Ende gewesen wäre, ging er noch etwas weiter, auf das Feld des Nachbarn, und setzte noch zwei Pflanzen dazu. Sein Vater wollte es so. Und schließlich mußten Patrice, seine Eltern, die Großeltern, eine Tante und seine vier Geschwister von dem leben, was das Kakaofeld einbrachte.

Nur gelegentlich stellte sich Patrice aufrecht hin und reckte sich, um den Rücken durchzustrecken. Das tat gut. Als er sich wieder einmal erhob, erkannte er, wie sich auf dem Weg eine Gestalt näherte. Er konnte nicht erkennen, wer es war.

Hoffentlich ist es nicht der Nachbar, schoß es Patrice durch den Kopf. Denn jetzt, bevor er das Feld vollständig bepflanzt hatte, konnte man noch sehen, wo die eigentliche Grenze zum Nachbarn verlief. Schließlich war die Gestalt so nahe herangekommen, daß es keinen Zweifel mehr geben konnte. Es war Christine. Jeden Morgen ging Patrice mit der Tochter des Nachbarn einen Teil des Schulweges gemeinsam. Er mochte sie und die Spiele, die sie sich oft ausdachten. Und ausgerechnet jetzt mußte sie aufs Feld kommen!

Patrice nahm seine Hacke fester in die Hände und begann, wie wild den Boden zu bearbeiten. Er wagte auch nicht aufzublicken, als sie längst neben ihm stand.
»Was machst du da?«
Christine blickte auf das Stück ihres Feldes, das Patrice seinem dazugeschlagen hatte. Patrice schwieg. Was hätte er auch schon antworten sollen. Christine wurde wütend.
»Ich dachte, du wärst mein Freund. Und jetzt stiehlst du uns einfach ein Stück vom Feld. Du denkst wohl, ich wäre so blöd und würde es nicht merken. Das ist nicht nur wenig nachbarschaftlich, das ist gemein!«
Christine hatte immer erregter und schneller gesprochen. Patrice wagte nicht hochzublicken. Er hackte wie besessen weiter.
»Du kannst mir glauben, das werde ich meinem Vater sagen.« Christine drehte sich mit einem Ruck um, ging auf ihr Feld und begann, Jamsknollen auszugraben.
Vorsichtig versuchte Patrice nach einiger Zeit zu ihr hinüberzublicken. Sie hatte ja recht, dachte er. Er war wütend

auf seinen Vater. Der war schuld daran, daß es jetzt mit der Freundschaft zwischen Christine und ihm aus war.

Als Patrice wieder einmal zu Christine hinüberzusehen versuchte, erkannte er, daß sich wieder eine Gestalt von der Straße her näherte.
Jetzt kommt ihr Vater zu allem Unglück auch noch selbst, dachte Patrice. Ihm wurde immer unwohler zumute. Am liebsten hätte er sich in eines der Erdlöcher, die er grub, verkrochen. Aber da merkte er, daß es gar nicht der Nachbar war. Es war Philipe. Er hatte kürzlich seinen Primarschulabschluß gemacht und war in die Stadt gegangen. Was der wohl hier wollte? Patrice blickte ihm neugierig entgegen.

»Hallo, Patrice!« Philipe begrüßte ihn freundlich. »Ich komme gerade aus der Stadt, um meine Eltern zu besuchen. Da sah ich von der Straße aus, daß jemand hier auf dem Feld arbeitet. Ich dachte, daß ich einen Schluck Wasser bekommen könnte.«
Patrice reichte ihm den kleinen Blechkanister.
»Wie ist es in der Stadt?« fragte er.
»Nicht schlecht«, antwortete Philipe. »Zumindest ist dort nicht alles so primitiv wie hier zu Hause. In der Stadt ist wirklich was los. Da gibt es jede Menge Geschäfte. Und Cafés. Und sogar ein Kino.«
Er genoß Patrices bewundernden Blick.
»Welche Filme hast du schon gesehen?« wollte Patrice wissen.
Philipe überging die Frage, weil er bisher kein Geld für eine

Kinokarte besessen hatte. Er hatte keine Arbeit in der Stadt gefunden und wußte nicht einmal, wovon er leben sollte. Darum war er ja auch auf dem Weg zu seinen Eltern. Aber das brauchte er Patrice ja nicht unbedingt zu erzählen.

»Wenn man in der Stadt lebt, dann muß man nicht arbeiten, bis einem der Rücken bricht.«
Er sah Patrice mitleidig an.
»Ganz schön dumm von dir, dich hier auf dem Feld abzurackern.«
Philipe nahm noch einen Schluck Wasser.
»Ich an deiner Stelle würde auch in die Stadt gehen.«
Dann bedankte er sich und machte sich wieder auf den Weg.

Patrice mußte unentwegt an die Stadt denken. An das Kino. Und wie es sein würde, wenn er jetzt vor einem Café säße. Bei diesem Gedanken spürte er die Schmerzen in seinem Rücken besonders. Plötzlich richtete er sich auf.
»Ich werde auch in die Stadt gehen«, sagte er halblaut zu sich. Er beschloß, mit der Arbeit Schluß zu machen, und legte seine Hacke über die Schulter. Als er zum Feld des Nachbarn blickte, sah er, daß sich Christine längst auf den Heimweg gemacht hatte.

Patrice ging zur Straße und folgte ihr dann in Richtung Dorf. Er hatte erst ein kurzes Stück zurückgelegt, da hielt neben ihm ein Wagen. Hinten auf der Ladefläche saßen einige junge Frauen und Männer. Sie sangen ein Lied.

Dabei trommelten sie mit den Händen gegen die Ladeklappe.
»Wenn du willst, nehmen wir dich ein Stück mit«, sagte eine Frau, die sich aus dem Führerhaus beugte.
Patrice war froh, daß er nach diesem anstrengenden Tag nicht mehr den ganzen Weg zurücklaufen mußte, und stieg hinten zu den Leuten auf.
»Heute ist ein schöner Tag!« begrüßten sie ihn.
Er nickte höflich, obwohl er eigentlich das Gegenteil dachte.
»Aber wenn man auf dem Feld arbeiten muß, merkt man nicht viel davon«, fügte er hinzu.
»Wenn man alleine arbeitet, hast du recht.«
Der Mann, der neben ihm saß, nickte verständnisvoll. »Früher war das bei uns genauso. Immer nur arbeiten. Jeder für sich. Aber zum Leben langte es trotzdem nicht.«
Er machte eine ausladende Handbewegung, als ob er alle auf der Ladefläche umarmen wollte.
»Bis wir uns zusammengetan haben. Ein Fachmann zeigte uns, wie wir Tomaten anbauen können.«
»Aber von Tomaten kann man doch nicht satt werden«, wandte Patrice ein.
Die Leute auf dem Wagen lachten.
»Natürlich nicht«, erklärte ihm der Mann. »Wir verkaufen sie in der Stadt. Und dazu haben wir diesen Wagen. Noch gehört er uns nicht. Aber irgendwann wird er es.«

Sie mußten sich festhalten, denn der Wagen hielt mit einem Ruck an. Am Straßenrand stand Philipe. Auch er durfte hinten aufsteigen.

»Ist das nicht ein herrlicher Tag!« wurde auch er begrüßt. Philipe brummte etwas Unverständliches. Er wollte nicht unbedingt erzählen, daß er keinen Franc mehr besaß und nach Hause fuhr, um seine Eltern um Geld zu bitten.

Wieder hielt der Wagen an. Christine kletterte über die Brüstung. Als sie Patrice sah, setzte sie sich so hin, daß sie ihm den Rücken zuwandte.
»Phantastisch, dieser Tag heute!« begrüßten die Leute auch sie. »Oder hast du auch so schlechte Laune wie die beiden hier?«
»Grund zur Freude habe ich wirklich nicht«, antwortete Christine. »Der nette Herr hier hat heute ein Stück von unserem Land gestohlen. Und dabei ist unser Feld schon so winzig.«
Sie zeigte auf Patrice. Der tat so, als ob er sie überhört hätte.

»Das kennen wir.« Der Mann neben Patrice nickte. »Das war früher bei uns nicht anders. Aber seitdem wir uns zusammengeschlossen haben, besprechen wir alles gemeinsam. Und ihr könnt uns glauben, es klappt ganz gut.«
»Besucht uns doch mal«, sagte eine Frau. »Wir zeigen euch dann, wie man auch mit wenig Land auskommen und es sinnvoll nutzen kann.«
»So was, das ist nichts für mich«, antwortete Patrice. Er dachte an das Kino und die Cafés in der Stadt. »Aber vorbeischauen kann ich ja mal. Vielleicht bringe ich meinen Vater mit.«
»Und deine Mutter am besten auch.« Die Frau lächelte.

»Denn Frauen sind in unserem Projekt genauso wichtig wie Männer.«
»Ich werde meine Eltern auch mitbringen«, erklärte Christine.
Philipe sagte ebenfalls zu mitzukommen. Schließlich gebe es auch in der Stadt viele Probleme, gestand er ein.
»Habt ihr denn keine Probleme?« fragte Patrice.
»Und ob!« Die Leute auf dem Wagen sahen die drei ernst an.
»Sehr viele Probleme sogar«, sagte die Frau. »Aber wir versuchen gemeinsam, Lösungen dafür zu finden. Versucht es doch auch mal.«
Der Wagen hielt an. Sie hatten das Dorf erreicht.

Isolde Heyne

Kleine Schwester Eichhörnchen

Nur zögernd betrat Jane das Hospital. Doch dann straffte sie ihren Rücken und ging auf das Zimmer der Ärztin zu. Ein Blick auf die Uhr im Vorraum sagte ihr, daß sie auf die Sekunde genau anklopfte. Die Weißen achteten auf Pünktlichkeit, das hatte Jane in all den Jahren, in denen sie die Schule in der Indianerreservation besuchte, gelernt. Und Dr. Caroline Morris war eine Weiße.

Dr. Morris schaute nur kurz von ihrer Arbeit auf, als das Mädchen ins Zimmer trat. »Einen Augenblick«, sagte sie. »Setz dich.« Jane setzte sich auf den Besucherstuhl vor dem Schreibtisch, aber sie benutzte nur die vordere Kante. Auf dem Weg vom Schulinternat zum Hospital hatte sie versucht, sich die Ärztin vorzustellen. Nun war sie überrascht, eine junge Frau vorzufinden, die rasch ihre Arbeit beendete und sich ihr dann zuwandte.

»Ich habe deine Mutter erwartet«, sagte Dr. Morris, »oder deinen Vater. Konnten sie nicht kommen?« Die Frage klang nicht zurechtweisend. Die Ärztin nahm ihre goldgefaßte Brille ab und legte sie auf das Schriftstück, an dem sie gerade gearbeitet hatte. Sie sah ohne Brille müde aus.
»Mein Vater lebt in Denver, er kommt nur selten nach Hause«, sagte Jane leise, obwohl sie sich vorgenommen hatte, ihre Angst nicht zu zeigen. »Meine Mutter lebt nicht mehr.«
»Hast du noch weitere Geschwister?«
»Nein. Es gibt nur noch Betty und mich.« Jane zwang sich, laut und deutlich zu sprechen, aber sie konnte nicht verhindern, daß ihre Stimme zitterte. Die Ärztin zog aus einem Aktenstoß auf ihrem Schreibtisch einen dünnen Ordner heraus und blätterte eine Seite nach der anderen um. Ab und zu nickte sie, blätterte weiter.
»Du und deine Schwester wohnt beide im Schulinternat«, sagte sie dann, ohne eine Antwort zu erwarten. »Euer Vater hat sein Land vor Jahren weißen Pächtern überlassen. Wo verbringt ihr die Schulferien, Betty und du?«
»Bei Verwandten meiner Mutter. Ihre Ranch ist nicht weit von unserer entfernt . . .« Jane stockte. Sie hatte sich vorgenommen, nicht mehr als nötig zu sagen. Warum fragte die Ärztin sie nach diesen Dingen? Jane hatte gehofft, etwas über die Krankheit ihrer kleinen Schwester zu erfahren, die seit über zwei Wochen in diesem Hospital lag, weil sie immer kraftloser geworden und in der Schule ohnmächtig zusammengebrochen war. Bei ihren Besuchen hatte die Zehnjährige teilnahmslos und blaß im Bett gelegen. Kaum ein Lächeln war über das kleine Gesicht gehuscht, wenn

Jane ihr lustige Geschichten erzählt hatte. »Was ist mit Betty? Welche Krankheit hat sie?« Es kostete sie große Überwindung, die Frage an die Ärztin zu stellen. Jane hatte Angst vor der Antwort. »Ist es eine schlimme Krankheit?«
Dr. Morris schaute Jane aufmerksam an. »Wie alt bist du?«
»Sechzehn«, preßte Jane heraus. »Bitte – was fehlt Betty?«
»Ich habe nicht aus Neugier nach euren Lebensumständen gefragt, Jane. Ich vermute, die Krankheit deiner Schwester hängt damit zusammen. Kann dein Vater wirklich nicht herkommen? Es ist Eile geboten. Wir dürfen keine Zeit verlieren . . .«
Janes Herz krampfte sich zusammen. Sollte sie der Ärztin sagen, daß sich ihr Vater manchmal ein ganzes Jahr lang nicht um seine Kinder kümmerte? Wenn er in die Reservation kam, war sein erster Weg nicht zu seinen Töchtern, sondern er kassierte das Pachtgeld, das in der Agentur für ihn hinterlegt wurde. Dann suchte er frühere Kumpane auf und begab sich mit ihnen auf Sauftour. Bisher hatte Jane nie darüber gesprochen, schon gar nicht sich darüber beklagt. Sie fürchtete, man werde ihr und Betty einen Vormund geben. Solange ihre Mutter gelebt hatte, waren sie einigermaßen zurechtgekommen. Jetzt fühlte sie sich für Betty verantwortlich. »Ich kann meinen Vater zur Zeit nicht erreichen«, sagte sie. Und dann setzte sie eine Lüge hinzu: »Er ist auf Montage. Immer woanders.« Jane spürte, daß die Ärztin ihr nicht glaubte.
»Ich bin nicht erst seit gestern hier«, sagte Dr. Morris. Sie setzte ihre Brille wieder auf und schaute Jane aufmerksam an. »Und natürlich mache ich mir auch Gedanken darüber,

warum meine Patienten krank geworden sind. Ich will deiner Schwester helfen, Jane. Aber du mußt auch ehrlich zu mir sein. Wirst du mir einige Fragen offen beantworten?«
Jane nickte nur. Sprechen konnte sie im Augenblick nicht. Es war, als ob ihr jemand die Kehle zudrückte. Die Ärztin blätterte wieder in dem schmalen Ordner, der wohl Bettys Krankengeschichte enthielt. »Woran ist deine Mutter gestorben?«
»Ich weiß es nicht genau. Sie war in der letzten Zeit immer müde und schwach.«
»Wo habt ihr gewohnt? Schon bei deinen Verwandten?«
»Nur im letzten Jahr, bevor meine Mutter starb. Der Pächter hatte nicht erlaubt, daß sie und Betty noch länger das Haus benutzten.«
»Was hat der Pächter mit dem Land gemacht? Hält er Vieh?«
»Nein. Ich weiß nicht, warum er das Land überhaupt haben wollte. Ich war nicht so oft zu Hause. Irgendwann hatten die Leute mal begonnen, was zu bauen. Aber dann wurde alles wieder zugeschüttet. Mein Vater bekommt das Pachtgeld. Aber was die Leute mit dem Land machen, das weiß ich nicht.«
»War Betty später noch manchmal dort? In eurem Haus und auf dem Land? Nachdem eure Mutter tot war?«
Jane mußte nachdenken. Was hatten die Fragen mit Bettys Krankheit zu tun? Sie wußte, daß ihre kleine Schwester nach dem Tod der Mutter oft in das leere Haus gelaufen war und sich dort versteckt hatte. Wenn sie dann zu den Verwandten zurückgekommen war, hatte sie rotgeweinte

Augen gehabt. Alle Verbote, das verpachtete Gelände nicht zu betreten, hatten nichts genützt. Nicht das Schelten des Onkels noch die Verbotsschilder der Pächter. Jane hatte die kleine Schwester vor den Verwandten immer in Schutz genommen. Es war Bettys Art, die Trauer zu bewältigen. Aber jetzt kam in Jane ein schrecklicher Verdacht hoch. Sie hatte sich bisher nie darum gekümmert, wenn Mitschüler sich an Aktionen beteiligten, die verhindern sollten, daß Indianerland mit giftigen Abfällen verseucht wurde. Das alles schien ihr sehr weit weg, nicht von Wichtigkeit für sie, die ganz andere Probleme hatte.

»Was fehlt Betty?« stieß Jane hervor. »Was ist mit unserem Land?«

Caroline Morris holte tief Luft, bevor sie antwortete. »Deine kleine Schwester hat Leukämie, Jane. Wir können sie hier nicht behandeln. Es eilt sehr, sie wird sterben, wenn sie nicht rasch die richtige Therapie bekommt. Du mußt deinen Vater finden, weil wir dazu seine Einwilligung benötigen.«

Janes Herz krampfte sich zusammen. Wo soll ich ihn suchen? Werde ich ihn schnell genug finden? Und dann: Ich werde ihn finden. Es geht um Bettys Leben.

»Kann man nicht jetzt schon etwas tun?« preßte sie heraus. Die Ärztin nickte. »Du kannst etwas tun, Jane. Betty weiß, daß sie sehr krank ist. Sie hat keinen Lebenswillen. Deine kleine Schwester will nicht um ihr Leben kämpfen. Hilf ihr.«

Jane spürte die Last, die ihr aufgeladen wurde. Sie senkte verzweifelt den Kopf, damit die Ärztin die Tränen in ihren Augen nicht sehen konnte.

»Ich vermute Schlimmes«, sagte Dr. Morris in Janes Gedanken hinein. »Und ich werde alles tun, das aufzuklären. Halte dich an die Verbote, das verpachtete Land nicht zu betreten. Es könnte verseucht sein.«

Jane hob den Kopf und wischte sich mit dem Handrücken die Tränen aus dem Gesicht. »Wodurch verseucht? Auch durch Uranabfälle, wie sie es anderswo gemacht haben?«

»Du weißt mehr, als ich dachte«, sagte die Ärztin lächelnd. »Tust du auch etwas dafür, das zu verhindern?«

Jane schüttelte den Kopf. »Nein«, gab sie zu. »Das alles schien mir unwichtig gegen unsere Probleme. Wir hatten in unserer Hütte noch nicht einmal Strom, im Sommer versiegte der Brunnen, und wir mußten das Wasser von weither holen. Hätten wir Vieh auf der Weide gehabt, es wäre verdurstet. Mein Vater wußte sich nicht anders zu helfen, als zu verpachten. Den Leuten schien das egal zu sein . . .«

»Denen war das gerade recht!« empörte sich die Ärztin. »Und dein Vater kassierte die paar Dollar und ließ euch im Stich. So ist es doch, nicht wahr, Jane? Du brauchst ihn gar nicht in Schutz zu nehmen, er macht es nicht anders als viele Indianer, die in Unwissenheit gehalten werden. Absichtlich. Du solltest nicht zu ihnen gehören, Jane. Schon um deiner Schwester willen.«

»Ich weiß es jetzt«, sagte Jane einfach. »Aber das hilft meiner Schwester nicht.«

»Wir werden nach eurem Vater suchen«, meinte Dr. Morris nach einigem Nachdenken. »Inzwischen werden wir für Betty tun, was hier möglich ist. Aber wir müssen einen Weg finden, ihr wieder Mut zum Leben zu geben. Denk darüber nach, Jane.«

Als Jane das Zimmer der Ärztin verließ, wußte sie mehr als je zuvor über die Machenschaften skrupelloser Menschen, denen es gleichgültig war, daß durch ihre Uranabraumhalden im Indianerland das Grundwasser kontaminiert wurde und Strahlenkrankheiten die dort lebende Bevölkerung dezimierten. Dr. Caroline Morris gehörte zu denen, die den Kampf aufgenommen hatten. »Wie sagt ihr Indianer oft? Die Erde ist unsere Mutter. Wir dürfen nicht zulassen, daß sie geschändet wird. Und ich denke, das gilt nicht nur für euch, sondern für alle Menschen.«

Dr. Morris hatte Jane zum Abschied die Hand gegeben. »Wirst du auch den Kampf aufnehmen, Jane?«

Ja, ich werde es tun, dachte Jane. Ich will zu denen gehören, die sich wehren. Und davon werde ich meiner kleinen Schwester erzählen. Es wird ihr Mut machen, den Kampf um ihr Leben aufzunehmen.

Betty, die mit ihrem indianischen Namen Kleines Eichhörnchen hieß, schlief, als Jane sich leise einen Stuhl an ihr Bett zog. Das dichte Haar, das sonst zu zwei Zöpfen geflochten war, lag wie ein Rahmen um das blasse Gesicht. Die dunklen Wimpern zuckten manchmal im Schlaf. Jane seufzte. Du wirst dein schwarzes Haar verlieren, Kleines Eichhörnchen, wenn sie dir Medikamente geben, die dich gesundmachen sollen. Aber dein Haar wird wieder wachsen. Hauptsache, du wirst wieder gesund. Ich werde dir davon erzählen, wie ich mich gemeinsam mit anderen dagegen wehre, daß sie uns noch einmal unser Land nehmen, und daß diese Leute noch gefährlicher sind als jene, die unsere Vorväter damals in die Reservationen trieben. Und ich

weiß, kleine Schwester, daß du bald an meiner Seite sein wirst. Du wirst dich wehren gegen den Tod, der in dir steckt, und gegen den Tod, der unsere Erde bedroht. Dafür lohnt es sich doch zu leben.
Lange saß Jane am Krankenbett ihrer Schwester Kleines Eichhörnchen. Sie wunderte sich darüber, wie lange dieser Name im Gedächtnis verschollen gewesen war, genauso wie ihr indianischer Name – Helles Wasser. Ihre Mutter hatte sie manchmal noch so gerufen. Jane erinnerte sich an den Klang der Stimme. Das war lange her. Wir müssen zu den Wurzeln zurückkehren, dachte sie. Und wir müssen uns wehren, damit Kinder wie meine Schwester eine Chance zum Überleben haben.
Jane stand leise auf und verließ das Zimmer. Als sie die große Glastür am Eingang des Hospitals hinter sich zuzog, war kein Zögern mehr in ihr wie vor Stunden. Ihr war, als wäre sie eine andere geworden. Sie zögerte auch keinen Augenblick, zum Haus eines der Männer zu gehen, mit denen ihr Vater sein Geld für Alkohol ausgab. Dort würde sie zumindest eine Spur nach ihm aufnehmen können. Sie mußte ihn finden, damit Betty bald eine Therapie bekam. Und dann werde ich . . . In Janes Kopf waren plötzlich so viele Gedanken, daß es ihr beinahe schwindlig wurde.

Regina Rusch

Eine zweifelhafte Geschichte

Isabel drehte die Musik lauter, bis die Töne nur noch ein rascher Wechsel von dumpf-hämmernd bis hell-kreischend waren. Die Lautsprecherboxen der Stereoanlage vibrierten so stark, daß der kleine Kaktus, der auf der rechten Box stand, immer näher an den Rand rutschte. Der schwarze Stoff vor den Boxen zuckte im Rhythmus. Das Rütteln an der Klinke und die Schläge gegen die Zimmertür konnten das nur noch entfernt als Musik zu erkennende Wummern nicht übertönen. »Stell den Krach ab!« brüllte Isabels Vater. »Mach die Tür auf!« schrie ihre Mutter. Isabel reagierte nicht. Sie preßte ihre Hände gegen die Ohren und stellte sich ans Fenster. Nichts wollte sie mehr hören. Nichts von den Eltern, nichts von ihrer besten Freundin, Sarah. Abrupt schaltete sie die Musikanlage aus und wartete, was sich jetzt vor der Zimmertür tun würde. Stille. Dann klopfte es. »Isa«, sagte die Mutter mit leiser Stimme, »Isa, sei vernünftig. Laß mich rein oder komm raus!« Isabel schwieg. »Das Abendessen ist fertig«, sagte die Mutter schmeichelnd, »komm jetzt!« Isabel schloß die Augen und hoffte, die Eltern würden endlich Ruhe geben. Nach diesem Streit konnte man nicht einfach zum Abendessen übergehen und so tun, als sei nichts gewesen. »Schluß jetzt mit dem Zirkus!« rief ihr Vater und schlug so heftig gegen die Tür, daß Isabel zusammenzuckte. Sie versuchte mit möglichst ruhiger Stimme zu antworten. »Ich möchte nichts essen.« Der Vater schlug noch einmal gegen die Tür, sagte aber nichts mehr. Isabel hörte ihn mit der Mutter sprechen. Irgendwann würden sie sich schon beruhigen. Zu Ende diskutieren konnte man mit den Eltern sowieso nichts.

Isabel schaltete die Musikanlage leise wieder an, stellte den Radiosender ein und legte sich aufs Bett. Sie schob ihr Kuschelkissen unter den Kopf und starrte die Decke an. Eine Weile lag sie so da, bewegungslos, aber nur äußerlich ruhig. Ihre Augen bewegten sich rasch hin und her, als würde oben an der Zimmerdecke ein Film ablaufen. Ein häßlicher Film, ein Film voller Streit, Enttäuschungen und Ärger. Am schlimmsten war die Szene mit Sarah gewesen, heute nachmittag. Isabel hatte Sarah vorgeworfen, sie würde sich nicht genug einsetzen. Es war mal wieder um Wale gegangen, genauer um das brutale Abschlachten von Walen. Isabel sah alles noch einmal vor ihren Augen vorbeiziehen:

Vor fünf Wochen hatte Isabel eine Rettungsaktion für Wale in ihrer Klasse gestartet. Die großen Tiere faszinierten sie. In der Stadtbücherei hatte sie inzwischen fast alle Bücher über die Meeressäuger gelesen. Sie hatte Broschüren und Zeitungsausschnitte gesammelt, in denen über die Wale und ihre drohende Ausrottung berichtet wurde. Isabels Begeisterung war auf Sarah übergesprungen, Sarah hatte sofort mitgemacht und viele andere auch. Wochenlang waren sie mit Unterschriftenlisten durch die Schule und die ganze Stadt gezogen. Kinder und Erwachsene hatten ihre Meinung zum Walfang aufgeschrieben, kleine Kinder hatten Bilder von harpunierten Walen gemalt und abgegeben. Und mehr als tausend Menschen hatten den Appell unterschrieben, die Wale endlich zu schützen. Genau 1025 Unterschriften hatten sie gesammelt. Sarah hatte es übernommen, die Begleitbriefe an die japanische und norwegische Botschaft zu entwerfen, in denen die Länder aufgefordert werden sollten, das grausame Schlachten zu beenden. Ganz genau hatten sie alles besprochen. Vor allem, daß die Briefe und natürlich die Unterschriftenlisten rechtzeitig vor einer internationalen Konferenz über den Walfang bei den Japanern und Norwegern sein müßten. Diese Länder hielten sich nicht an das Jagdverbot. »Wenn die mitkriegen, wie viele Menschen in der ganzen Welt gegen sie sind, hören sie vielleicht auf«, hatte Isabel gemeint, und Sarah hatte versprochen, die Briefe auf dem PC ihres Vaters zu schreiben. Die Walfang-Konferenz würde morgen beginnen, und Sarah hatte noch nicht einmal einen Entwurf für den Brief fertig. »Meine Güte«, antwortete sie gereizt auf Isabels Vorwürfe, »bei dem schönen Wetter ...« Isabel starrte sie entgeistert an. Es verschlug ihr die Sprache. »Und die Wale?« fragte sie dann. Warum hatte Sarah mitgemacht, wenn ihr die Wale

letztendlich egal waren? »Und unsere Arbeit?« fragte Isabel weiter. Fünf Wochen diskutieren und Unterschriften sammeln, immer neue Absprachen treffen, die Helfer organisieren, die vielen Kinderzeichnungen – sollte das alles umsonst gewesen sein? Die Aktion hatte doch etwas bewirkt. Galt das alles nichts mehr, bloß weil Sarah es vorgezogen hatte, durch die Gegend zu radeln, anstatt zwei Schreiben aufzusetzen? Es machte keinen Sinn. Isabel fühlte sich auf einmal unendlich traurig und allein. Gegen die Walfänger ankämpfen, gut, das mußte sein. Aber gegen ihre beste Freundin? Nicht ein einziges Argument gegen Sarahs plötzliche Gleichgültigkeit fiel ihr ein. So viele Argumente hatte sie schon liefern müssen, um die Mütter ihrer Schulfreunde, die Geschäftsleute, die Kunden im Supermarkt, die Nachbarn im Haus zu überzeugen. Und was das sonnige Wetter der letzten Tage anging, so hatte auch Isabel öfter sehnsüchtig aus dem Fenster geschaut. Aber es gab Wichtigeres zu tun. Jemand mußte sich für die Wale einsetzen, sonst würden sie bald ausgerottet sein, und einer dieser Jemande war halt Isabel. Manchmal lastete die Verantwortung dafür schwer auf ihr. Wie ein Rucksack, den sie gern mal abgesetzt hätte. Früher hatte der Vater oft ihren Rucksack getragen, wenn sie am Wochenende Ausflüge machten, aber diesen Rucksack nahm ihr niemand ab, schon gar nicht der Vater. In seinen Augen war Umweltzerstörung nur ein Schlagwort von irgendwelchen »Öko-Spinnern«, wie er es ausdrückte.
Isabel hatte in der letzten Zeit mehr als sonst gearbeitet. Fast jeden Nachmittag war etwas zu erledigen: Sie machte im Kaufhaus Fotokopien von den Unterschriftenlisten, ord-

nete die Kinderzeichnungen und versuchte, Geld aufzutreiben. Es war gerade irgendwie neben der Arbeit für die Schule zu schaffen. Hätte sie die Briefe an die Botschaften auch noch schreiben sollen? Und wie denn – ohne Schreibmaschine und PC? »Warum hast du nicht gesagt, daß du die Briefe nicht schaffst?« hatte sie gefragt und sich bemüht, ihren Ärger nicht durchklingen zu lassen. Aber Sarah schrie sofort los: »Ich mach es schon noch. Ist doch egal, wann die Briefe ankommen, nach der Konferenz ist es genausogut.« Da wurde Isabel ebenfalls laut: »Du hast nichts begriffen, überhaupt nichts!« Ein Wort ergab das andere. Schließlich schrie Sarah mit sich überschlagender Stimme: »Werd endlich mal wieder normal! Du hast ja einen Fimmel, den totalen Umwelt-Fimmel!« Sie schleuderte Isabel die Zettel mit ihren Notizen vor die Füße. »Keiner nimmt dich mehr ernst«, rief sie, »du mit deinen fixen Ideen.« Isabel biß sich auf die Lippen. Sie sammelte die Zettel auf, drehte sich wortlos um und ging. Sie konnte einfach nichts mehr sagen, ihre Enttäuschung war zu groß. Zu Hause hätte sie sich am liebsten gleich in ihrem Zimmer verkrochen. Aber kaum hatte sie die Wohnungstür geöffnet, stieß sie im wahrsten Sinn des Wortes auf den nächsten Ärger. Mehrere Zehnerpacks Cola-Dosen standen mitten im Flur, daneben weitere Dosen mit Bier und Limo. Der kleine Bruder hatte sein aufblasbares Schwimmkrokodil dazugelegt. »Alles für morgen«, rief Florian, der sich schon die ganze Woche auf den Familienausflug zum Badesee gefreut hatte. »Mama kauft noch mehr ein«, sagte er und hielt Isabel eine Cola-Dose hin. »Willst du eine?« Jetzt konnte Isabel sich nicht mehr beherrschen. »Hau bloß ab mit dem Schrott!« rief sie. »Ihr seid wohl von allen guten Geistern verlassen, Getränke in Dosen zu kaufen!« Sie packte Florian am Arm. »Hast du eine Ahnung, wieviel Energie bei der Herstellung einer einzigen Dose aus Aluminium verschwendet wird? Nur, damit so ein bißchen Cola darin aufbewahrt wird.« Isabel lieferte die Antwort gleich selbst: »Drei Stunden lang könntest du dafür fernsehen!« Florian versuchte, aus Isabels Griff und von ihren Erklärungen loszukommen, aber sie ließ nicht locker. In der sechsten Klasse hatte Isabel an einer Arbeitsgruppe über Verpackungsmüll teilgenommen. Sie hatten anschließend durchgesetzt, daß es in der Schule Getränke nur noch in Pfandflaschen gab. »Weißt du, wie umweltschädlich die Herstellung von Aluminium ist? Landschaften werden zerstört, Giftstoffe fallen an, und wofür? Für Müll!« In diesem Augenblick öffnete sich die Wohnungstür, und die Eltern kamen vom Großeinkauf nach Haus, vollgepackt mit prall gefüllten Plastiktüten. Florian riß sich von Isabel los und rief mit weinerlicher Stimme nach der Mutter. »Ich mach überhaupt nichts kaputt«, heulte er und berichtete in wildem Durcheinander, wie Isabel mit ihm gemeckert hatte. »Was hast du dem Kind jetzt schon wieder für Horrorgeschichten erzählt?« herrschte der Vater Isabel an. »Du machst dem Jungen ja angst«, schimpfte die Mutter. Das konnte Isabel sich nicht gefallen lassen. »Ich?« rief sie voller Empörung. »Vor mir muß Flori keine Angst haben. Angst haben muß er vor denen, die umweltfeindliche Produkte herstellen.« Sie stieß mit dem Fuß gegen eine Packung Cola-Dosen. »Und vor denen, die so einen Mist auch noch

kaufen«, fügte sie hinzu. Der Vater ging nicht darauf ein, brachte nur seinen Standardspruch von den Öko-Spinnern an. Die Mutter begann, einen Teil der Getränkedosen in den Kühlschrank zu räumen. »Alle Welt kauft Dosen«, meinte sie unbeeindruckt, »Millionen von Dosen werden jeden Tag verkauft. Was nützt es, wenn ein paar Leute auf Dosen verzichten?« Isabel müsse sich einfach damit abfinden, sie solle sich bloß nicht einbilden, daß sie irgend etwas verändern könne. »Sich abfinden?« rief Isabel, aber bevor sie etwas erwidern konnte, fiel der Vater ihr ins Wort. »Du mußt endlich die Realität zur Kenntnis nehmen«, sagte er belehrend. »Deine Wale zum Beispiel: Meinst du, die Fischer in Japan und Norwegen wollen ihren Beruf an den Nagel hängen? Die müssen doch auch leben.« Isabel versuchte zu protestieren, aber der Vater redete weiter auf sie ein. Es sei schon zu einem richtigen Tick bei ihr geworden, sich immerzu und ausschließlich um Umweltschutz zu kümmern. »Jawohl«, rief er dann, »du hast einen Umwelt-Tick!« Das saß. Auch wenn er unrecht hatte, aber diesen Ausspruch hatte Isabel so ähnlich heute schon einmal zu hören bekommen. Heute hatten sich offenbar alle gegen sie verschworen.
Mitten in den Familienkrach hinein klingelte das Telefon. Es war Sarah. Die Mutter hielt Isabel den Hörer hin. Ob Sarah die Briefe doch noch geschrieben hatte? Oder wollte sie sich gar entschuldigen? Isabel merkte, daß Sarahs Beschimpfung sie tiefer getroffen hatte, als sie sich eingestehen mochte. Am Ende des kurzen Telefongesprächs aber war alles noch viel schlimmer. In Isabel tobten abwech-

selnd Rachegelüste und Verzweiflung, Zorn und Traurigkeit. Sie konnte gar nicht mehr klar denken.
»Sarah hat mich ausgeladen«, stieß sie hervor, »Sarah hat unsere Wochenendfahrt abgesagt, das heißt, nur für mich abgesagt.« Isabel schluckte. »Sie nimmt lieber Leonie mit. Ihre Eltern wollen auch lieber Leonie als mich. Sie mögen keine Streithähne in ihrer Wochenenderholung.«
Isabel stürzte in ihr Zimmer, knallte die Tür zu, schloß sie von innen ab und stellte die Musik auf volle Power. Da lag sie nun. Isabel mit dem Umwelt-Fimmel. Isabel mit dem Umwelt-Tick. Isabel, die niemand ernst nimmt. Sie versuchte zu lachen, laut zu lachen, um sich zu beweisen, daß es ihr nichts ausmachte. Aber es machte ihr etwas aus, sehr viel sogar. Isabel grub ihr Gesicht ins Kissen und rollte sich zusammen. Am liebsten hätte sie laut geschluchzt, richtig losgeheult wie früher, als sie noch klein war und wollte, daß Mama und Papa ihren Kummer mitkriegten und sie trösteten. Aber Isabel wußte, daß sie auch hiermit allein fertig werden mußte. Sie kam sich so furchtbar verlassen vor, wie lange nicht.
Als Isabel am nächsten Morgen aufwachte, fühlte sie sich kein bißchen ausgeruht. Sie hatte schlecht geträumt, abwechselnd von verendeten Walen und von Sarah. Sie selbst stand einsam am Strand, um sie herum wirbelten Blätter mit Unterschriften, die sie zu fangen versuchte. Dann tauchte Sarah auf und lachte sie aus. Der Traum endete nie, er fing immer von neuem an.
Isabel zog die Vorhänge auseinander und gähnte. Der Schlaf hatte nicht wie sonst die Erinnerung an das, was gestern

war, versöhnlicher erscheinen lassen. Nichts war vergessen. Alles stand genau vor ihr. Vielleicht verstärkte die strahlende Sonne, die schon frühmorgens schien, Isabels schlechte Stimmung noch. Sarah würde jetzt mit ihren Eltern ins Wochenende fahren. Mit Leonie. Isabel würde allein zu Haus bleiben, es würde schrecklich langweilig werden. Niemand würde anrufen, denn alle dachten ja, sie sei mit Sarah fort. Und mit ihrer eigenen Familie einen Tag am überfüllten Badesee zu verbringen kam für Isabel überhaupt nicht in Frage. Deshalb stimmte sie sofort dem Vorschlag der Mutter zu, sie könne doch Tante Doro besuchen. »Ich hab sie heute früh angerufen. Es ginge«, sagte die Mutter.

Tante Doro war eine Freundin der Mutter. Sie kam häufig auf ein kurzes Schwätzchen vorbei, wie sie stets lachend bemerkte, und blieb dann meist viele Stunden. Isabel mochte sie sehr. Früher, bevor es Florian gab, hatten die Eltern Isabel oft für ein paar Tage zu Tante Doro, Onkel Konrad und Uli, ihrem Sohn, gebracht. Sie lebten in einem kleinen Dorf, das auf dem Weg zum Badesee lag.

Mindestens sechs Jahre war es her, daß Isabel vor dem schönen Fachwerkhaus aus dem Auto gestiegen war. Sie hatte ihren neuen Plüschhasen auf dem Arm gehabt, den sie gerade zur Einschulung bekommen hatte. Uli, der schon in der zweiten Klasse war, hatte ihn am Ohr durch die Luft geschleudert, und das Ohr war abgerissen. Isabel konnte sich noch genau daran erinnern. Und auch an Ulis ständig laufende Nase, die er meist ziemlich geräuschvoll hochzog. Uli, die Rotznase, und Uli, der Hasenquäler.

»Was ist?« fragte jetzt jemand am Autofenster, »willst du

nicht aussteigen?« Der Jemand war ziemlich lang, unglaublich dürr und unverkennbar Uli, auch wenn er keine Lecknase hatte. Isabel merkte, wie sich ein verlegenes Grinsen auf ihrem Gesicht ausbreitete. Sie hörte die Eltern mit Tante Doro reden, und sie hörte Florian quengeln, der endlich baden wollte. Sie sah Uli an, wie jemanden, den sie zum erstenmal getroffen hatte und doch schon lange kannte. Zumindest das letzte stimmte ja auch.

Isabel überlegte krampfhaft, was sie sagen sollte, irgendwie mußte sie ihn schließlich begrüßen. Aber dann kam nur ein knappes »Na« über ihre Lippen, während sie um das Auto herumging.

Sie öffnete den Deckel des Kofferraums und versuchte, ihre Tasche herauszunehmen. Aber die Tasche war eingeklemmt zwischen einem Klapptisch, zwei Klappstühlen und den Packungen mit Getränkedosen. Als Uli hinzukam und die vielen Dosen sah, zog er die Augenbrauen hoch und die Mundwinkel ironisch nach unten.

»Alle Achtung!« sagte er mit vorgetäuschter Anerkennung, »Freunde der Erde, nicht wahr?« Isabel schämte sich entsetzlich. Am liebsten hätte sie erklärt, daß sie nichts damit zu tun habe, nur ihre Familie, und daß es deshalb gerade großen Streit gegeben hatte. Statt dessen raunzte sie Uli an: »Das geht dich gar nichts an.« Sie warf den Kofferraumdeckel zu und verabschiedete sich von den Eltern und von Florian, die nun endlich ihrem Badevergnügen entgegenfahren wollten. Dann ließ sie sich von Tante Doro umarmen und willkommen heißen. Sie vermied es, Uli anzusehen, drehte ihm absichtlich den Rücken zu und unterhielt sich übertrieben interessiert mit Tante Doro über das Einkochen von Johannisbeergelee, obwohl sie überhaupt nichts davon verstand.

»Ihr könnt mir ja beim Pflücken helfen. Es sind noch drei Büsche abzuernten«, sagte Tante Doro und verschwand im Garten.

Uli hatte die ganze Zeit über geschwiegen. Jetzt setzte er bei Isabels Ausspruch von vorhin an, als sei zwischenzeitlich kein einziges Wort gefallen. »Die Dosen gehen mich sehr wohl etwas an«, sagte er. »Aluminiumdosen sind nämlich so ziemlich die umweltfeindlichste Verpackung für Getränke überhaupt.« Er sah Isabel dabei fest an. Seine Augen hatten die gleiche graugrüne Farbe wie die von Tante Doro, stellte Isabel fest. »Soll ich dir sagen, wieviel Energie durch die Herstellung von Wegwerfdosen verschwendet wird?« fragte Uli, ohne ernsthaft eine Antwort zu erwarten. Als die Antwort trotzdem kam, wie aus der Pistole geschossen, angereichert mit Einzelheiten über den Abbau von Bauxit, giftige Reststoffe und gigantischen Stromverbrauch, verflog die gespannte Atmosphäre zwischen den beiden schlagartig. Isabel und Uli gerieten ins Erzählen, Berichten und Fachsimpeln. Sie tauschten ihre Erfahrungen mit Umweltaktionen ebenso wie Ratschläge über den Umgang mit Freunden aus. Sie saßen in der Küche auf den altmodischen Stühlen und redeten, redeten sich immer näher aneinander heran. Ulis Gesicht glühte mindestens ebenso wie Isabels Wangen. Niemals zuvor hatte Isabel einem Jungen so viel von sich selbst erzählt. Niemals hatte jemand so schnell und gut verstanden, was sie meinte.

Andersherum schien es genauso zu sein. Auch Uli scheute sich nicht, sehr persönlich zu sprechen, als wäre Isabel seine Vertraute. »Es gibt Nachrichten, mit denen ich einfach nicht fertig werde«, sagte er. Isabel nickte. »Manche machen mir angst«, sagte Uli, und Isabel nickte wieder. Dann fragte sie: »Und was tust du dagegen?«
»Wogegen?« fragte Uli zurück. »Gegen solche Nachrichten?«
Isabel schüttelte unwillig den Kopf. »Quatsch«, sagte sie, »gegen die Angst.« Sie selber verzog sich in solchen Situationen auf ihr Bett, ganz nach hinten in die Ecke, stülpte die Kopfhörer über und dröhnte sich die Ohren mit ihrer Lieblingsmusik voll. Es half nicht wirklich, aber es lenkte ab.
Uli stand auf. »Komm«, sagte er, »ich zeig dir, was ich mache.«
Sie gingen durch den Garten, an Tante Doro vorbei, die immer noch Johannisbeeren pflückte. »Kommt ihr doch noch zum Helfen?« fragte sie lächelnd. Aber Uli zeigte auf die Wiese, die sich an den Garten anschloß, und auf den dahinterliegenden Wald. »Wir latschen ein bißchen herum«, sagte er. Tante Doro lächelte wieder und sagte nichts.
Sie gingen langsam auf den Wald zu, an dessen Rand mächtige alte Bäume standen. »Falls du mich jetzt über sauren Regen und Waldsterben aufklären willst, so kann ich dir mitteilen, daß ich bereits informiert bin«, sagte Isabel mit leichtem Spott. Uli schüttelte den Kopf. »Du mußt nicht immer nur das sehen, was kaputt ist. Das hältst du irgendwann einfach nicht mehr aus.«
Uli blieb unter einem Baum mit weit ausladenden Zweigen

stehen und fuhr mit der flachen Hand über die Rinde. »Dieser Buche geht es hervorragend, sie ist nicht krank. Alles mögliche hat sie schon überdauert«, sagte er. »Vor hundert Jahren hat sie auch schon hier gestanden. Ist das nicht eine phantastische Vorstellung?« Isabel stellte sich neben Uli und strich ebenfalls über den Stamm. Sie erinnerte sich schwach an ein paar Stunden im Biologieunterricht, in denen die verschiedenen Baumarten behandelt worden waren. Seitdem hatte sie nur Informationen über den Anteil geschädigter Laub- und Nadelbäume gesammelt. Ihr wurde plötzlich bewußt, daß sie zwar eine Menge übers Ozonloch, den absinkenden Grundwasserspiegel, die Belastung durch Radioaktivität und noch mehr über die Ausrottung der Wale wußte. Aber wie fühlte sich eine Buchenrinde an? Isabel legte ihren Kopf in den Nacken und schaute in das grüne Blätterdach. Die kleinen Zweige der Baumkrone bildeten immer neue Öffnungen, gaben immer neue Blicke auf das Blau des Himmels frei.
»Beweg dich nicht!« flüsterte Uli ihr plötzlich ins Ohr, »ein Eichhörnchen, da oben rechts, auf dem dicken Ast!« Mit flinken Knopfaugen blickte das Eichhörnchen umher. Es legte den Kopf etwas schief, dann kletterte es in verblüffender Geschwindigkeit am Stamm in die Höhe, flitzte bis ans Ende eines Astes, dann hüpfte es auf den Nachbarbaum. Isabel war wie verzaubert. Natürlich hatte sie schon mehrmals Eichhörnchen gesehen, aber noch nie so nah und so deutlich. »Schön«, sagte sie und legte ihre Arme um den dicken Buchenstamm. Sie sah Uli an. »Ich glaub, ich weiß jetzt, warum du hierherkommst«, sagte sie.

Uli hatte sich ins Laub gesetzt, den Rücken gegen den Baum gelehnt. »Es gab eine Zeit, da fand ich Wald und Natur und so etwas einfach nur langweilig«, sagte er und ließ einen kleinen schwarzen Käfer über seine Hand laufen. »Und jetzt –«, er stockte, »jetzt brauche ich das irgendwie. Vielleicht, um immer wieder zu wissen, wofür und warum ich mich engagiere.« Isabel hatte sich neben Uli gesetzt. Der Käfer krabbelte jetzt über Ulis Schienbein. Isabel lehnte ihr Knie dagegen, und sofort krabbelte der Käfer auf ihr Bein. »Meine Mutter meint, wir könnten uns den Einsatz für die Umwelt sparen«, sagte Isabel unvermittelt, »es würde sowieso nichts nützen.« Uli legte seine Handkante an Isabels Bein, damit der Käfer wieder zu ihm wechselte. »Blödsinn«, sagte er dann, »natürlich nützt es was.« Der Käfer hatte offenbar nicht die Absicht, auf Ulis Hand spazierenzugehen. Er lief auf Isabels Wade nach unten, erwischte ein Farnblatt und verschwand im Laub. Isabel sah ihm gedankenverloren nach. »Und wenn wir wirklich nichts verändern?« fragte sie dann leise. Eine Wespe summte an ihrem Gesicht vorbei. Es roch nach Moos. Irgendwo klopfte ein Specht. Ulis Hand lag noch immer an ihrem Bein, obwohl der Käfer längst fort war. »Na und«, sagte er. Und nach einer Pause: »Ich würde trotzdem weitermachen.« Isabel wünschte, sie könnte diesen Augenblick festhalten, sie könnte ewig mit Uli hier im Wald sitzen. Sie wußte jetzt mit noch größerer Gewißheit als vorher, daß ihre Mutter unrecht hatte. Und daß der Vater und Sarah unrecht hatten, und die Walfänger sowieso. Kaum merklich nickte sie mit dem Kopf. »Ich auch«, sagte sie dann, »ich würde auch weitermachen.«

Jürgen Banscherus

Ringelnattern

Eines Tages flogen sie nicht mehr. Es war ein Frühlingsmorgen wie aus dem Bilderbuch, die japanischen Kirschen vor unserer Schule leuchteten in Pink, knallgelber Löwenzahn bedeckte die Rasenflächen links und rechts des Schulhofs.

Seit der ersten Stunde gähnten wir uns in jene Stimmung, die zuverlässig vor Lehrern, gestreßten Vätern und anderen Katastrophen schützt.

In der letzten Pause kam Katharina zu mir. »Du, Robert«, sagte sie. »Sie fliegen nicht mehr.«

Ich hatte keine Ahnung, wovon Katharina sprach. Aber ich mag sie. Deshalb sagte ich freundlich: »Aha.«

Sie legte ihre Hand auf meine Schulter. »Oder hast du etwas gehört?«

»Sollte ich?« erwiderte ich.

Jetzt verzog sich Katharinas Gesicht. »Weißt du eigentlich, wovon ich rede?« fragte sie.
Ich schüttelte bedauernd den Kopf.
»Mensch, Robert!« rief sie. »Es ist heute kein Flugzeug geflogen. Verstehst du? Die Sonne scheint, und sie fliegen nicht!«
Katharina hatte recht, eigentlich hätte es mir auffallen müssen. An diesem Morgen hatten die Scheiben nicht geklirrt, und nicht ein einziger tieffliegender Jet hatte uns aus unserem Schlaf geschreckt.
Es herrschte tatsächlich eine himmlische Ruhe. Wenn man die Augen schloß, war durch die offenen Fenster unseres Klassenzimmers sogar das Rauschen der Bäume zu hören.

Nach der Schule fragte mich Katharina, ob ich mit zum Flugplatz komme.
»Was soll ich da?« fragte ich zurück.
»Ich habe noch nie einen Flugplatz ohne Flugzeuge gesehen«, antwortete Katharina. »Du etwa?«
»Nein. Aber ich muß für die Englischarbeit üben.«
Katharina lachte. »Du spinnst, Robert. Wenn einer nicht zu üben braucht, dann du!«
Mit unseren Rädern fuhren wir durch die Siedlung, in der die Soldaten mit ihren Familien gewohnt hatten. Die meisten waren bereits weggezogen, doch vor einigen Häusern standen noch Möbelwagen. Ein kleines Mädchen hockte zwischen Umzugskisten und einer Couchgarnitur auf dem Bürgersteig und spielte mit seiner Puppe. An vielen Fen-

stern fehlten die Gardinen, den Vorgärten war anzusehen, daß sich niemand um sie kümmerte.
Bald standen Katharina und ich am Maschendrahtzaun, der sich rings um das riesige Flugplatzgelände zog. Alle zwanzig Meter hatten sie ein Schild hingehängt. Dies sei militärisches Gebiet, hieß es da, und es solle bloß keiner wagen, seinen Fuß hineinzusetzen.
Katharina begann den Zaun hinaufzuklettern. Ich hielt sie an der Hose fest. »Bist du verrückt?« rief ich. »Das ist verboten!«
Lächelnd nahm Katharina meine Hand von ihrem Po und sagte: »Quatsch, Robert. Hier ist keiner mehr. Oder siehst du jemanden?«
Nein, hier war tatsächlich kein Mensch mehr. Also kletterte ich hinter Katharina her. Wir mußten aufpassen, nicht in dem rostigen Stacheldraht hängenzubleiben, den sie über den Zaun gespannt hatten. Er hatte ekelhaft lange Spitzen, und es kostete uns einige Mühe drüber zu kommen.
Dann hatten wir es geschafft. Wir sprangen in hohes Gras, das aussah, als sei es noch nie gemäht worden. Spatzen flüchteten vor uns, eine Maus raste über das Rollfeld und verschwand in einer breiten Ritze im Beton.
Es war so still, daß wir unwillkürlich den Atem anhielten. Mit gekreuzten Beinen setzten wir uns mitten auf die Startbahn (oder war es die Landebahn?) und sagten lange nichts. Vor uns erhoben sich der Tower und die Hangars, in denen die Maschinen auf ihren Einsatz gewartet hatten. In der Ferne waren künstliche Erdhügel zu sehen und flache Baracken. Bei gutem Wetter waren von dieser Beton-

piste aus alle zehn Minuten Jets in den Himmel gedonnert, und jetzt schien es der ruhigste Platz auf der Welt zu sein.
»Schön«, sagte Katharina leise, während ein Schwarm Wildenten den Tower umrundete. »Gott, ist das schön.«
In den nächsten Monaten waren wir oft auf dem alten Militärflugplatz. Die leerstehenden Gebäude und militärischen Anlagen interessierten uns nur am Anfang. Bald fanden wir anderes. Auf dem Gelände gab es seltene Blumen, Blindschleichen und Ringelnattern, uns beiden unbekannte Vögel, die den Flugplatz für sich entdeckten. Bereits nach ein paar Wochen überwucherte Gras die Ränder des Rollfelds, in den Hangars und Baracken vermehrten sich Mäuse und Ratten. Merkwürdig, Biologie hatte mir in der Schule nie besonders viel Spaß gemacht. Doch dieser Platz gehörte uns – so empfand ich es wenigstens –, und Katharina erging das ähnlich.
Natürlich hatten wir schnell heraus, daß das Gelände noch immer bewacht wurde. Zwei alte Männer in zu großen Uniformen zogen am Zaun entlang ihre Kreise. Nachdem sie uns einmal fast erwischt hätten, merkten wir uns ihren Rhythmus und kamen nie wieder in Verlegenheit. Vielleicht wußten die beiden aber auch von uns und ließen uns von sich aus in Ruhe. Schließlich machten wir nichts kaputt, sondern verbrachten unsere Zeit damit, irgendwo im Gras zu liegen und einen Tausendfüßler oder einen Wiedehopf beim Eierlegen zu beobachten.

Am ersten Schultag nach den Sommerferien fing mich Katharina schon im Schulflur ab. Ich war erst in der Nacht aus Spanien zurückgekehrt und deshalb hundemüde. Doch was Katharina mir erzählte, ließ mich schlagartig hellwach werden. Auf dem Flugplatz sei etwas im Gange, berichtete sie. Sie sei in den Ferien ein paarmal dort gewesen.

»Sie haben Baumaschinen reingebracht«, sagte sie aufgeregt. »Riesengroße Dinger!«

»Vielleicht reißen sie die Hangars und den Tower ab«, sagte ich, ohne selbst recht daran zu glauben.

Wir beschlossen, mit dem Berger zu reden, unserem Erdkundelehrer. Er weiß immer ziemlich genau Bescheid, wenn in unserer Stadt etwas passiert.

»Da draußen soll ein Frachtflughafen entstehen«, erklärte er uns, als wir ihn in der großen Pause fragten. »In einem Monat beginnen die Umbauarbeiten.«

»Nein«, sagten Katharina und ich wie aus einem Mund.

»Mir gefällt das auch nicht«, fuhr der Berger fort. »Andererseits muß man an die Arbeitsplätze denken. So ein Frachtflughafen bringt Beschäftigung in die Region. Und Arbeit brauchen wir dringend.«

»Was wird aus den Ringelnattern?« wollte Katharina wissen.

»Wie bitte?«

»Waren Sie schon einmal auf dem Flugplatz, seit die Flugzeuge weg sind?« fragte ich den Berger.

Er schüttelte den Kopf.

»Dann verstehen Sie das nicht«, sagte Katharina.

»Was nun?« fragte sie, nachdem der Berger im Lehrerzimmer verschwunden war.

»Wir werden den Flugplatz besetzen müssen«, schlug ich vor.
Katharina lachte. »Wir beide? Das wird bestimmt einen mächtigen Eindruck machen!«
»Haha«, sagte ich. »Natürlich nicht nur wir beide. So blöd bin ich auch nicht. Nein, die ganze Schule muß dabeisein. Ach was, die ganze Stadt muß helfen.«
»Ich weiß nicht.« Katharina zog die Stirn kraus. »Wenn wir den Flughafen besetzen, warten sie einfach ab, bis es kalt wird und naß. Sollst mal sehen, dann hat es sich mit der Besetzung.«
An diesem Vormittag kamen wir nicht weiter. Auf dem Nachhauseweg fragte mich Katharina: »Glaubst du, wir sind die einzigen, die sich um den Flugplatz Sorgen machen?«
»Keine Ahnung«, antwortete ich. »Aber das werden wir rauskriegen.«
So hockten wir uns den Nachmittag über ans Telefon und riefen Gott und die Welt an. Ja, außer uns gab es noch mehr Menschen, die den Militärflugplatz als geschützten Ort für Pflanzen und Tiere erhalten wollten. Auch meine Eltern waren dafür. Und mein Vater behielt sogar seine üblichen dummen Sprüche für sich, als Katharina am Abend noch einmal anrief.
»Ich hab's«, sagte sie. »Wir brauchen Elche, Luchse und Bären.«
Für einen Augenblick blieb mir die Luft weg. Wahrscheinlich hatte die arme Katharina einen Nervenschock oder etwas Ähnliches. Solche Menschen darf man nicht reizen,

das wußte ich. Also wiederholte ich freundlich: »Aha – Elche, Luchse und Bären.«
Katharina lachte. »Keine Angst, Robert, ich bin ganz klar. Die Ringelnattern haben mich auf die Idee gebracht.«
Das wurde ja immer verrückter. Jetzt fing sie auch noch mit Schlangen an! Doch was sie mir dann aufgeregt erklärte, hörte sich richtig gut an. Was heißt »gut« – Katharinas Plan war schlicht genial!
So kam es, daß einige Tage später in der Abenddämmerung zwei Elche übers Rollfeld spazierten. Daß ein Radfahrer steif und fest behauptete, einen Bären in der Nähe des Towers gesehen zu haben. Daß einer der beiden Flugplatzwächter hinter einem Gebüsch zwei riesige Luchse entdeckte, die sich blitzschnell aus dem Staube machten.
Helle Aufregung herrschte in der Stadt, mit allen Tricks versuchte man die Tiere einzufangen. Abend für Abend strömten mehr Menschen an den Maschendrahtzaun. Die Tiere zeigten sich nur unregelmäßig und in der Dämmerung. Tagsüber versteckten sie sich so perfekt, daß auch nicht die kleinste Spur von ihnen zu finden war.
Natürlich verzögerte sich der Beginn der Umbauarbeiten, die zoologische Sensation war einfach zu groß. Bären, Luchse und Elche in Mitteleuropa, Tiere die man seit Jahrzehnten nicht mehr bei uns gesehen hatte – das lockte Fernsehteams in die Stadt, dazu Schaulustige und Touristen. Sie ließen Geld in Geschäften, Cafés und Kneipen; der Plan, einen Frachtflughafen einzurichten, geriet allmählich in Vergessenheit.
Der Flugplatz wurde zum Naturschutzgebiet erklärt, und

die letzten Baumaschinen verließen das Gelände. Und nur der Maskenbildner des Städtischen Theaters, Katharina und ich kannten das Geheimnis von Elch, Luchs und Bär. Der Maskenbildner ist übrigens Katharinas Vater ...

Eine tolle Geschichte, nicht wahr? Wäre es nicht phantastisch, wenn simple Verkleidungen ausreichten, um solch einen Umbau zu verhindern? Aber die Wirklichkeit sieht anders aus: Katharina und ich erfuhren bei unseren Telefonaten, daß bereits eine Bürgerinitiative existierte, die gegen die Verwandlung des Militärflugplatzes in einen Frachtflughafen kämpfte. Dort machten wir mit. Wir sammelten Unterschriften, verteilten Flugblätter, verbrachten unsere Zeit in Protestversammlungen. Als das alles nichts nützte, wurde der Platz besetzt. Es war wie ein Volksfest, so viele Menschen waren gekommen. Musik gab's und Würstchen und selbstgebackenes Brot.

Dann wurde es Winter und lausekalt. Und was Katharina vorausgesagt hatte, trat ein. Einer nach dem anderen verkrümelte sich, bald hielt es nur noch ein kleines Häuflein auf dem zugigen Platz aus. Da räumte die Polizei in aller Ruhe den Platz, und die Bulldozer- und Baggerführer warfen die Motoren an.

Inzwischen ist der Frachtflughafen in Betrieb. Früher flogen die Maschinen meistens nur bei klarer Sicht. Jetzt vibrieren die Fensterscheiben unseres Klassenzimmers ständig, sogar bei schlechtem Wetter. Kopfschmerzen kriegen wir von dem Höllenlärm, die Lehrer sind gereizter denn je. Ringelnattern gibt es wohl keine mehr auf dem Flugplatz-

gelände. Die Risse auf der Rollbahn sind beseitigt, das Gras ist überall kurz geschnitten. Die Wildenten machen wieder einen Umweg um den Flughafen, allein die Mäuse und Ratten werden sich nicht vertreiben lassen. Der Platz wird stark bewacht, das Dröhnen der Lastwagen, die ihre Fracht zum Flughafen bringen, klingt Tag und Nacht durch die Straßen der Stadt.
Also hat sich alles nicht gelohnt? Hätten wir lieber für die Schule üben sollen, statt uns einen kalten Hintern zu holen? Die Bauarbeiten wurden um ein halbes Jahr verzögert. Ein halbes Jahr – was bedeutet das schon?
Wenn Katharina hier wäre, würde sie mich spätestens jetzt unterbrechen. »Was redest du da, Robert?« würde sie sagen. »Natürlich hat es sich gelohnt. Jeder Tag war es wert. Die Leute, die den Frachtflughafen gewollt haben, sind nicht die Sieger. Sie haben verloren, und irgendwann werden sie es merken. Stimmt's, Robert?«
Stimmt, Katharina.

Horst Petri

Aus der seelischen Not zum Handeln

Die ökologische Kinderrechtsbewegung wird stärker

Im Herbst 1993 tagte in Stuttgart der 2. NATUR-Kindergipfel, an dem 600 Kinder aus dem In- und Ausland und einige Experten aus Politik, Wirtschaft, Wissenschaft und Kultur teilnahmen. In zehn selbstgewählten Arbeitskreisen diskutierten die Kinder – die meisten zwischen acht und vierzehn Jahren – über Fragen alternativer Energien, Trinkwasserprobleme, den inhumanen Umgang mit Tieren, die Zerstörung des Regenwaldes, Kinderrechte und Ausländerhaß. Es waren kleine Expertenrunden, die ihr Wissen und ihre kritische Sorge unter sich austauschten, bevor sie konkrete Veränderungsvorschläge und Forderungen in den Dialog mit den Erwachsenen einbrachten und vor einer breiten Medienöffentlichkeit vertraten.

Der Stuttgarter Kindergipfel machte erneut deutlich, daß die etwa seit den 70er Jahren in Amerika und einigen europäischen Staaten entstandene Kinderrechtsbewegung inzwischen eine stabile Tradition gewinnt, die aus der Kultur demokratischer Gesellschaften nicht mehr wegzudenken ist und mit der die politischen und wirtschaftlichen Eliten immer stärker zu rechnen haben. Die äußeren Gründe, warum Kinder und Jugendliche eine neue soziale Basisbewegung bilden, sich offensiv in Politik einmischen und Mitentscheidungsrechte in eigenen Belangen einklagen, liegen auf der Hand. Nur zu deutlich haben sie inzwischen erkannt, daß durch die Dehumanisierung menschlicher Beziehungen und die zunehmende Zerstörung der natürlichen Lebensgrundlagen ihre eigenen Zukunftsinteressen aufs Spiel gesetzt werden. Die innere Motivation, aus der sie die Kraft für ihr Engagement ziehen, brachte in dem Arbeitskreis »Das Fremde zulassen« ein Mädchen auf den Punkt: »Ohne unsere Angst würden wir das doch alles nicht tun!«

Trotz der positiv erscheinenden Perspektive lag über dem Stuttgarter Kindergipfel die Frage in der Luft, wie ernst die Erwachsenengeneration den Einspruch und die Mitsprache der jungen Generation wirklich nimmt. Sind Kindertagungen wie diese mehr als eine symbolische Geste des guten Willens, sind sie gar nur unbrauchbare Rechtfertigungsversuche für eine Gesellschaft, die allen Anlaß hat, innersystemische Spannungen zu harmonisieren, oder sind sie ernsthafte Ansätze zu einem neuen Demokratieverständnis? Wenn der Freidemokrat Graf Lambsdorff kritisch anmerkt, künftige Wahlen würden in Altenheimen entschieden, und radikale Denker daraus die Notwendigkeit ableiten, das Wahlalter herabzusetzen und allen Eltern

für jedes Kind in Vertretung seiner Zukunftsinteressen eine zusätzliche Wahlstimme zu geben, könnten darin erste Schritte zu mehr gewagter Demokratie gesehen werden.
Immerhin sind die Bemühungen der letzten Jahre, für Kinder, mit Kindern und von Kindern Politik zu machen, ein neues Phänomen in demokratisch verwalteten Gemeinwesen. Allein die neuen Sprachschöpfungen spiegeln diese Entwicklung wider: Kinderanwälte, Kinderbeauftragte, Kinderbüros, Kinderforen, Kindergemeinderäte, Kinderinformationsdienst, Kinderkommission, Kinderorganisation, Kinderparlament, Kinderpartizipation, Kinderpolitik, Kinderrechte, Kinderrepubliken, Kinderversammlung, Kinderwahlrecht. Das Vokabular läßt sich verdoppeln, wenn man »Kinder« durch »Jugend« ersetzt. Hinter jedem Begriff steht eine Idee, ein Programm und, bis auf wenige Ausnahmen, eine von vielen tausend Kindern, Jugendlichen und Erwachsenen inzwischen praktizierte Realität. Die UN-Kinderrechtskonvention vom November 1989 schreibt auf internationaler Ebene erweiterte Kinderrechte fest. Die Diskussion über einen neuen Generationenvertrag ist voll in Gang, und der erste Weltkindergipfel von 71 Nationen am 30. September 1990 in New York einigte sich auf Zielvorgaben für die nächsten Jahrzehnte, die historisch eine einzigartige Chance für die Zukunftsperspektiven der heutigen und der nachfolgenden Kindergenerationen bieten.
Ist das nicht genug Anlaß zur Hoffnung? Wenigstens wird sie von den in der Ökologiebewegung engagierten Kindern und Jugendlichen noch nicht aufgegeben, auch wenn die Realität weit hinter ihren Erwartungen zurücksteht. Nicht

nur in Stuttgart, sondern auch auf anderen Kindertagungen beklagen sie immer wieder die falschen Versprechungen, das Desinteresse und die Zurückweisung durch Erwachsene bei ihren Versuchen, sich in Städten und Gemeinden in kinderpolitische Fragen einzumischen.
Das ist kein Wunder. Der Widerstand rührt nicht in erster Linie daher, daß demokratische Entscheidungsprozesse ihrer Natur nach schwierig sind und Kinder einen zusätzlichen und lästigen Reibungsfaktor im Getriebe darstellen würden; es geht auch weniger darum, daß Politik mit Kindern Geld kostet. Es geht um etwas viel Entscheidenderes. Ein jüngeres Wahlalter, zusätzliche Wählerstimmen für junge Eltern und die politische Mitbeteiligung von Kindern und Jugendlichen selbst könnten einen Druck auf die politischen und damit auch auf die wirtschaftlichen Machtträger erzeugen, der ein grundsätzliches Umdenken und tiefgreifende strukturelle Veränderungen im industriellen Komplex erzwingen würde. Den Gesetzen der Systemtheorie folgend, passen sich jedoch auch Gesellschaftssysteme nur langsam und widerstrebend an die Erfordernisse gewandelter Umweltbedingungen an. In der Regel bedarf es dazu bestimmter Katalysatoren, die diesen Prozeß anstoßen und beschleunigen. Ohne sie – so prophezeien bekanntlich viele Zukunftsforscher, Ökonomen und Ökologen – ist das Ende der menschlichen Art auf diesem Planeten – der Zusammenbruch des menschlichen Ökosystems – in eine berechenbare Nähe gerückt. Ob der ökologischen Kinderrechtsbewegung eine solche Katalysatorfunktion zukommen wird, ist bisher schwer vorhersehbar. Sicher scheint mir

aber, daß der durch sie veranlaßte Demokratiesierungsschub die notwendige Plastizität und Flexibilität des Gesellschaftssystems und mithin seine Anpassungsfähigkeit an die gewandelte globale Ökostruktur fördern könnte. Schließlich hängt von ihrer Homoistase, d. h. ihrer ausgeglichenen Balance, unser Überleben ab.

Unabhängig von solchen systemischen Überlegungen schafft die Kinderrechtsbewegung ein Gegengewicht zu dem wachsenden Anteil der jungen Generation, der der ökologischen Krise nicht konstruktiv handelnd begegnet, sondern sich ihr ohnmächtig ausgeliefert fühlt. Umwelt- und Zukunftsängste nehmen bei Kindern und Jugendlichen immer mehr zu. Wissenschaftliche Studien, persönliche Dokumente (Aufsätze, Geschichten, Briefe, Gedichte, Malereien), viele Alltagserfahrungen in Elternhaus, Kindergärten und Schulen und nicht zuletzt in der psychotherapeutischen Beratung und Behandlung lassen heute keinen Zweifel mehr daran, wie tief die verschiedenen Facetten der Umweltzerstörung in die inneren Erlebnisstrukturen besonders junger Menschen eingewandert sind und den Identitätsaufbau bedrohen.

Das aktive politische Engagement, wie es in der Kinderrechtsbewegung am deutlichsten zum Ausdruck kommt, ist nach vorliegenden Studien die produktivste Form, mit Gefühlen und Ängsten, Resignation, Mißtrauen, Hilflosigkeit, Hoffnungslosigkeit, Wut und Haß angesichts der wachsenden Zerstörungsprozesse umzugehen und sie zu verarbeiten. Dazu bedarf es jedoch eines sozial stützenden Umfeldes – eines von gemeinsamer Sorge getragenen Dialogs mit Eltern, Erziehern, Lehrern und politischen Entscheidungsträgern. Ansonsten überwiegen Gefühle des Verrats und des Verlassenwerdens durch eine Erwachsenengeneration, die die Zukunftschancen ihrer Kinder für einen kurzfristigen Fortschritt verkauft. Die Folgen, das läßt sich bereits heute erkennen, sind oft schrecklich.

Die pathologische Verarbeitung der ökologischen Dauerbedrohung scheint sich hauptsächlich in vier Varianten auszudrücken. Die erste Variante stellen die verschiedenen seelischen und psychosomatischen Reaktionen bei Kindern und Jugendlichen dar, die heute im Zusammenhang mit der Umweltzerstörung immer häufiger beobachtet werden können. Dabei steht eine Vielzahl von Ängsten im Vordergrund, von denen folgende besonders verbreitet sind: die Angst vor dem Sterben von Natur, Tieren und Menschen, die Angst vor Umweltkatastrophen, z. B. der Explosion einer Chemiefabrik oder eines Atomkraftwerks, die Angst vor Krieg, vor dem Ozonloch, der Klimakatastrophe und vor der endgültigen Vernichtung unseres Planeten. Die täglich von den Medien übermittelten Zeugnisse grausamer Zerstörung wandern nachts in die Träume ein oder werden als Bilder einer feindlichen, verfolgenden und verletzenden Welt verinnerlicht. Da Kinder noch eine ursprüngliche und nahe Beziehung zur Natur und Tierwelt haben, identifizieren sie sich besonders stark mit deren Leiden, zumal sie die Schrecken noch weniger gut verdrängen können als Erwachsene. Die heute fast inflationär benutzten Begriffe »Umwelt- und Zukunftsangst« zeigen bei genauerer Analyse eine tiefere Dimension, in der sich

Urängste von Verlassenwerden, Trennung und Tod mischen. Erst diese existentiellen Ängste machen verständlich, warum besonders sensible junge Menschen durch die ökologische Dauerbedrohung seelisch und psychosomatisch ernsthafter erkranken können.
Die zweite Variante der pathologischen Verarbeitung ökologischer Bedrohungen drückt sich in den verschiedenen Fluchtbewegungen aus, mit denen große Teile der jungen Generation aus Ohnmacht und Verzweiflung ihrerseits den Gesellschaftsvertrag aufkündigen. Das verbreitete Sektentum, besondere spirituell-esoterische Zirkel mit Aberglauben und magischen Kulturen und andere Formen des Aussteigertums sind als Versuche zu verstehen, gegen eine als zerstörerisch erlebte Realität »heile« Gegenwelten zu errichten. Symbolisch lassen sich solche Suchbewegungen besonders anschaulich am Märchen vom »Schneewittchen« aktualisieren. Schneewittchen flieht vor einer Stiefmutter, die ihre sorgenden und beschützenden Funktionen aufgegeben hat. Indem sie sich in das Prinzip der Verfolgung und Lebensbedrohung verwandelt, verrät sie elementare kindliche Grundrechte und familiäre Loyalitätsverpflichtungen. Unter einer gesellschaftlichen Perspektive symbolisiert sie ebendiesen stiefmütterlichen Aspekt der Gesellschaft, die durch eine systematisch inszenierte Umweltzerstörung die Zukunft ihrer Kinder »vergiftet«.
Schneewittchen versucht zu fliehen. Die Berge, die Zwerge und die Zahl Sieben repräsentieren allesamt ein magisches Land der guten Geister und symbolisieren die vollendete Einheit und Harmonie der inneren unbewußten Kräfte.

Genau diese Ziele finden sich in den Fluchtbewegungen als Reaktionen auf die Katastrophen unserer Zeit wieder. Aber wie im Märchen, so auch heute: Es gibt kein Entfliehen. Das Böse, die Stiefmutter, holt uns ein; das atemberaubende Mieder als das Korsett der vergifteten Luft, der schöne, aber vergiftete Kamm als die toxischen Abfallhalden unseres Konsum- und Wohlstandsmülls, der rote Apfel schließlich als unsere vergifteten Nahrungsgüter. Der Apfel, normalerweise ein Sinnbild der Ewigkeit und Unsterblichkeit und in der christlichen Symbolik ein Bild der Erde, hat sich heute unversehens zum Symbol eines vergifteten Planeten verwandelt.

Eine dritte Variante von Reaktionen auf die ökologische Bedrohung hat Doris Lessing bereits 1974 in ihrem Science-fiction-Roman »Memoiren eines Überlebenden« in beklemmender Weise beschrieben. Sie schildert darin die entmenschlichenden Folgen für eine Kindergeneration, die in einer zerstörten Umwelt aufwächst und die Aufkündigung elementarer Loyalitätsverpflichtungen durch die Gesellschaft nicht mehr verarbeiten kann. Die auf diese Weise bindungs- und heimatlos gewordenen Kinder hausen in den unterirdischen Kanalsystemen einer Großstadt, brechen wie Ratten aus ihren Löchern hervor und vernichten im Zustand einer eiskalten Gefühlsabspaltung mit grenzenloser Willkür, Wut und Vergeltungsaggression alles noch Lebenswerte und Lebendige, indem sie plündernd, raubend und mordend zu Opfern einer totalen Verwilderung werden.

Ist die Science-fiction-Vision von Lessing heute bereits zum

Teil Realität geworden? Gibt es Verbindungslinien zwischen den destruktiven Kräften, mit denen wir das Ende unseres Planeten vorbereiten, und der eskalierenden Gewalt in der jungen Generation? So beunruhigend diese Fragen sind – über sichere Antworten verfügen wir bisher nicht. Aber viele Symptome eines desintegrierten Sozialverhaltens von Jugendlichen, aber auch bereits von Kindern, müssen uns auf solche Zusammenhänge aufmerksam machen. Bei allen Formen der Gewalt, ob gegen Gleichaltrige, gegen Frauen, Obdachlose, Homosexuelle, Asylbewerber oder Ausländer, stimmen viele Beobachtungen in einem Punkt in beängstigender Weise überein: die Gefühlskälte, mit der selbst die brutalsten Angriffe bis zum Totschlag und Mord erfolgen. Das Fehlen jeglichen Mitgefühls, jeder anschließenden Trauer und Schuld, ist unter psychologischer Betrachtung Ausdruck extremer innerer und äußerer Verletzungen des Selbstgefühls; außer der Kälte von Rache und Vergeltungsaggressionen lassen sie keine anderen Gefühle mehr zu. Dabei erfolgt die Wahl der Opfer meist willkürlich; sie zeichnen sich durch Schwachheit aus oder sind durch ein blindes Feindbildschema etikettiert worden. So werden sie zu geeigneten Ersatzobjekten, wobei die eigentliche Motivation und Zielrichtung von Wut und Gewalt unaufgedeckt bleibt. Möglicherweise besteht auch, zumindest in der staatlich verordneten Gewaltforschung, kein wirkliches Interesse daran, die wahren Ursachen zu klären. Zumindest gibt es in vielen persönlichen Zeugnissen und Aussagen von Jugendlichen genügend Hinweise darauf, daß alle unter dem Begriff »Umweltzerstörung« zusammengefaßten destruktiven Erfahrungen bei vielen jungen Menschen tiefgreifende Gefühle von Unrecht und Verrat erzeugen, die als Verletzung des eigenen Selbst-Gefühls und der Identität erlebt werden. Dabei scheint eine wichtige Rolle zu spielen, daß durch solche Verletzungen das Hoffnungspotential aufgezehrt wird, ohne das ein sinnvolles Leben nicht möglich ist. Im Zusammenhang mit anderen erlittenen Erfahrungen von persönlicher und gesellschaftlich struktureller Gewalt wäre daher die These zu überprüfen, inwieweit die »Umweltzerstörung« zu einer »Innenweltzerstörung« beiträgt. Ihre Bestätigung würde die Übergänge von Science-fiction und Realität, wie wir sie allenthalben beobachten, verstehbarer machen und die notwendigen Schritte vorzeichnen, um der zunehmenden sozialen Desintegration und Verwilderung von Teilen der jungen Generation vorzubeugen.

Die vierte Variante von Reaktionen auf die ökologische Bedrohung ist eine Mischung aus Flucht und gegen die eigene Person gerichteter Gewalt – der Selbstmord und der Selbstmordversuch als die radikalsten Lösungen, den Kreislauf aus Verzweiflung und Hoffnungslosigkeit zu beenden. Auch wenn im Suizid lebensgeschichtliche Konflikte in äußerster Verdichtung und Zuspitzung auftreten, scheint die Umweltzerstörung immer häufiger bei Jugendlichen und Heranwachsenden zu einem entscheidenden und auslösenden Grund für den tragischen Entschluß zu werden. Erst vor kurzer Zeit schickte mir die Mutter den unveröffentlichten Gedichtband »Das andere Gedicht« aus dem Nachlaß ihres Sohnes Siegfried Lanzl, der sich im

Alter von 20 Jahren vor die U-Bahn geworfen hatte. In ihrem Begleitschreiben sah sie »das Beziehungsgeflecht zwischen Umweltzerstörung und kindlichen Ängsten, das der Verdrängungskunst von Erwachsenen noch nicht zum Opfer gefallen ist«, als ursächlich für den Selbstmord ihres Sohnes an. Ein Gedicht lautet:

Immer weiter
»Soviel ist sicher;
wenn es eine Zukunft
für die kommenden
Generationen
geben soll
muß sie
verantwortlich
gestaltet werden.«

Aber das
hat Zeit
höre ich euch sagen
denn dafür
ist ja die Zukunft
da
und nicht
die Gegenwart.

Die vier Varianten seelischer und psychosozialer Dekompensation bei Kindern und Jugendlichen sind nach meiner Einschätzung Ausdruck einer kollektiven Krise der Gesellschaft in einer historisch völlig neuartigen Situation. Wenn man das destruktive Potential realisiert, das erbarmungslos gegen Kinder eingesetzt wird, ob als chronische Niedrigstrahlung, als schleichende Vergiftung oder in anderen Formen planetarer Zerstörung, treten alle historischen Vergleiche zurück. Wo immer bisher Kinder verletzt, geopfert oder getötet wurden, ob als Ritus oder Exzeß, blieben es begrenzte Ereignisse, die die Fundamente der Hoffnung und des Glaubens an ein Fortbestehen der menschlichen Geschichte nicht in Frage stellten. Dieses Gemeinsame verband die Generationen. Das historisch völlig Neuartige besteht darin, daß dieser Konsens nicht mehr zu bestehen scheint.

Ich glaube, dieser Verrat wiegt am schwersten. Er führt nicht nur zur individuellen Krise im Selbst-Aufbau und in der Identitätsentwicklung bei Kindern und Jugendlichen, sondern schiebt sich als tiefe Kluft zwischen die Generationen. Alle vier aufgezeigten Wege stehen vielleicht für die Anfänge einer Revolte, in der die Jungen sich gegen die Alten erheben – aus Rache und Vergeltung für erlittenes Unrecht. Die Übergänge zwischen Science-fiction und Realität werden fließend.

Diesen Prozeß aufzuhalten ist das Ziel der ökologischen Kinderrechtsbewegung. Sie kämpft mit friedlichen und demokratischen Mitteln für konkrete Inhalte und Veränderungen, um die natürlichen Lebensgrundlagen auf diesem Planeten und damit eine langfristige Zukunftsperspektive zu erhalten. Sie besitzt bisher keine einheitliche Organisationsstruktur. Gerade die Vielfalt ihrer unterschiedlichen

Gruppenzugehörigkeit und Arbeitsschwerpunkte repräsentiert jedoch das breite Spektrum kindlicher Interessenlagen. Kinderkongresse, Kinderversammlungen oder Kindergipfel, wie der letzte in Stuttgart, bilden jeweils nur eine Plattform, um der angestrebten Vernetzung der Bewegung Ausdruck zu verleihen. Zu diesem Zwecke entwickeln Kinder auch eine wachsende Zahl eigener Publikationsorgane oder finden Raum in den öffentlichen Medien, um ihr Anliegen sowohl auf nationaler als auch auf internationaler Ebene zu artikulieren.

Hinter allen diesen Bemühungen steht aber unüberhörbar der Appell: »Hört uns zu!«, »Helft uns!«, »Schützt uns!«, »Begreift eure Verantwortung!« Nur durch den generationsübergreifenden Dialog und das gemeinsame Handeln lassen sich neue Weichen stellen, lassen sich Vertrauen und Hoffnung zurückgewinnen, um die Zukunft zu sichern.

In Stuttgart habe ich erlebt: Die Kinderrechtsbewegung ist ein Aufschrei gegen den Verrat. Wenn wir die seelische Not der jungen Generation nicht begreifen und ihr konstruktives Angebot zur Mithilfe zurückweisen, wird unsere Schuld uns eines Tages auf gerechte Weise einholen. Denn keiner kann mehr sagen, er habe von nichts gewußt.

DAGMAR SCHERF

Das Ohr am Schienbein oder Leute, wir leben!

Ein Hörspiel

Personen: Laura, Lissie und Tina – drei fünfzehnjährige Mädchen
Zeit: Eine Nacht Mitte August. Gegenwart
Ort: Im Garten von Lauras Familie

Geräusche eines Sommerabends im Freien: Ferner Verkehrslärm einer Kleinstadtsiedlung. Gelegentliche Bodenfeindwarnrufe einer Amsel. In der Nähe das gleichmäßig-beruhigende Zirpen eines Großen Grünen Heupferds (Tettigonia Viridissima). – Noch näher hört man, wie ein Schlafsack und mehrere Kissen geschüttelt und auf einer Luftmatratze ausgebreitet werden.

Laura: So, und jetzt machen wir's uns gemütlich. Puh, ist das immer noch heiß.

Lissie: Trotzdem war mein dicker Winterschlafsack 'ne gute Idee. Gib's zu, Laura.

Laura: Und meine Kissen erst! – Jetzt haben wir 'ne richtige Couch. (Singt, übertrieben pathetisch) *Komm auf mein Sofa im Gras, my darling!* – Könnte man glatt 'nen Schlager draus machen.

Lissie: So was Ähnliches gibt's schon. Da geht's um ein *Bett im Kornfeld*, glaub' ich.

Laura: Jedenfalls bin ich dafür, daß wir nachher hier draußen schlafen. Im Zelt kannst du die Luft schneiden. (Sie beißt in eine Pflaume) Mm! Frisch geklaut schmecken Pflaumen am besten! (Spuckt den Kern aus) Magst du keine?

Lissie: Nö. Im Dunkeln sieht man nicht, ob Würmer drin sind.

Laura: (Kauend) Und wenn schon. Die sind doch auch nur voll Pflaumenfleisch.

Lissie: Was ist das eigentlich für ein Viech, das da hinter uns im Gebüsch dauernd so komisch schnarrt?

Das Heupferd ist jetzt besonders laut und deutlich zu hören.

Laura: Irgendeine Grille oder was. Mußt du nachher unser wandelndes Bio-Lexikon fragen. – Was schaust du so? Die Tina mein' ich.

Lissie: (Nicht begeistert) Ach – die kommt ja auch noch. Hätte ich beinahe vergessen.

Laura: Na, hör mal. Das hab' ich mir doch zum Geburtstag gewünscht. *Dreimäderlnacht im Garten,* wie mein Vater das nennt. Der macht nachher bestimmt noch mal einen Kontrollgang, ob auch alles in Ordnung ist. – He, Lissie, du hast ja noch Schuhe an. Meinst du, die Würmer gehen dir auch an die Zehen?

Lissie: Quatsch.

Laura: Na prima, dann zieh sie doch aus. Komm, ich mach' dir 'ne Reflexzonen-Massage.

Lissie: (Reagiert kitzlig) Hi! – Hör auf! – Ich bin doch so – hi, hi – kitzlig an den Füßen –

Laura: (Gleichzeitig, ruhig) Mann, bist du verspannt. – Da ist dein Solarplexus – spürst du das nicht? – Und da – hör zu!

Lissie: Hör auf! – Oder ich kitzle zurück! – Na warte!

Eine wilde, kichernde Kitzelschlacht beginnt. Jähe Unterbrechung, als in der Ferne Martinshörner zu hören sind, die näher kommen.

Laura: Was ist denn da los?

Lissie: Irgendein Unfall wahrscheinlich.

Laura: Wie spät ist es?

Lissie: Halb zehn vorbei.

Laura: Wo nur die Tina bleibt!

Martinshörner verstummen.

Lissie: Von mir aus könnt' sie bleiben, wo –

Laura: Sag mal, was hast du eigentlich neuerdings gegen

die Tina? Früher kamst du doch ganz gut mit ihr aus. Bist du eifersüchtig?

Lissie: (Aggressiv) Quatsch. Der Daniel kann mir gestohlen bleiben. Wenn dem diese dürre Latte besser gefällt, bitte schön. Hast du mitgekriegt, daß die zwei in letzter Zeit dauernd ins Kirdorfer Feld rausfahren? (Spitz) *Biologische Exkursion* nennen die das –

Laura: Soviel ich weiß, steckt da wirklich sonst nix dahinter. Aber he, jetzt hab' ich dich ja prima aus der Reserve gelockt! Obwohl ich den Daniel gar nicht gemeint hab'.

Lissie: Wen denn?

Laura: Na: mich.

Lissie: Wieso?

Laura: Na ja – ich glaub', du hast Probleme damit, daß ich eben nicht nur mit dir befreundet bin. Daß ich die Tina genauso gerne hab'. – Nein, anders gerne. Einfach, weil sie anders ist als du. Und dich mag ich, weil du anders bist als sie. Verstehst du das nicht? Zwei Freundinnen sind doch viel spannender als eine. – Wo sie nur bleibt.

Martinshörner sind wieder zu hören. Jetzt mehrere Fahrzeuge, die näher kommen.

Hoffentlich ist ihr nichts passiert!

Lissie: Der Tina? Der passiert doch nix! So gepanzert,

wie die immer mit ihrem Mofa rumkurvt. Und fahren kann sie ja, muß man zugeben.

Laura: Aber das hilft einem manchmal gar nix. Hast du den Benny vergessen? Das ist doch genau vor deiner Haustür passiert!

Martinshörner verstummen.

Lissie: Erinnere mich nicht dran! – Dieser Riesenblutfleck – Wie ein Wildschwein sah er aus.

Laura: Der Benny?

Lissie: Nein, den hab' ich Gott sei Dank nicht mehr gesehen. Ich meine den Blutfleck hinterher. Wochenlang war der noch da. Jeden Morgen, wenn ich aus dem Haus gekommen bin. Immer mußte ich den anstarren.

Laura: Schau doch mal – was ist denn das? Da hinter den Pflaumenbäumen! – Sieht wie Feuer aus!!

Lissie: Vielleicht geht da der Mond auf?

Laura: Nein, da brennt's! – Lissie, ich hab' Angst!! Stell dir mal vor, die Tina – du, ich halte es hier nicht mehr aus, komm –

Lissie: (Aufgeregt flüsternd) Psst! Da kommt wer! Durch die Gartenpforte. Wo ist die Taschenlampe?!

Tina: (Bemüht cool) Hallo, ihr zwei. Keine Aufregung. Ich bin's, Tina.

Laura: (Erleichtert) Tina!! Bloß gut, daß du da bist. Laß dich anschauen. Ist dir auch nichts passiert?

Tina: *Mir* ist nichts passiert – nein. (Sie atmet tief ein und aus) Habt ihr was zu trinken? Hallo, Lissie.

Laura: Ja, hier ist Cola. Komm, setz dich. Sag mal – du siehst mitgenommen aus.

Lissie: Hallo, Tina. Wo hast du denn dein Mofa gelassen?

Tina: (Sie trinkt einen großen Schluck aus der Flasche, atmet erleichtert aus) Zu Hause. Ich wollte den Sommerabend zu Fuß genießen, weißt du. – Aber von wegen *genießen* – verdammt noch mal! (Trinkt wieder)

Laura: Mensch, Tina – dir ist eben doch was passiert! Und wie üblich versuchst du die Coole zu spielen. – Warum sagst du nichts? – Spuck's aus, bitte!!

Tina: (Verzweifelt ausbrechend) Habt ihr schon mal einen Toten gesehen?

Laura: (Zögernd) Ja, meine Oma. Aber –

Tina: Es war ein Mädchen – fünfzehn Jahre alt – genau wie wir – lange blonde Haare – weißes T-Shirt, weiße Hot pants – aber alles rot von Blut – lag auf dem Bürgersteig – in der Haingasse – das Fahrrad, ein einziges verbeultes Knäuel – der Walkman daneben, da war noch Musik drin – aber das Mädchen (Sie schnieft) – verdammt – dieser blöde Autofahrer – stinkbesoffen – und der hat nur 'nen Blechschaden – verdammt –

Laura: Mensch, Tina. Arme Tina. Komm, willst deinen Kopf in meinen Schoß legen?

Lissie: (Hilflos) Wie schrecklich. Kennen wir das Mädchen – ich meine: Ist die – war die –

Tina: Nein, die war nicht von hier. (Wütend) Aber das ist doch scheißegal, oder?! Tot ist tot, oder?! (Schluchzt) Mit fünfzehn. Da hat man doch noch gar nicht gelebt.

Lissie: Magst ein Taschentuch? Und – da ist ein Kissen.

Tina: (Mit veränderter, weicher Stimme) Danke! Bloß gut, daß es euch noch gibt. (Schneuzt sich)

Laura: (Leise) Und gut, daß es dich noch gibt!

Tina: (Aufatmend) Ja. Verdammt noch mal. Vorhin am Gartenzaun – ich hab' euch schon flüstern gehört – da mußt' ich erst mal stehenbleiben. Das war so ein komisches Gefühl auf einmal. – Ach, schaut mal: Der Mond! Sieht aus wie 'ne Riesenorange im Pflaumenbaum. Reif zum Pflücken.

Lissie: Siehst du, Laura, es war doch der Mond.

Laura: Erzähl doch weiter, Tina! Was hattest du für ein Gefühl vorhin?

Tina: Weiß auch nicht. Ganz komisch. (Zunehmend gefühlvoll) Jedenfalls bin ich mir mit der Zunge über die Lippen gefahren und hab' mein Gesicht in die Hände genommen und meinen Körper angefaßt, hab' mich gezwickt und gestreichelt – und das hat sich alles ganz neu angefühlt, wie zum ersten Mal. Dann hab' ich die Sandalen von den Füßen geschleudert und das Gras unter den Sohlen gespürt. Und wie die Felder gerochen haben! Und –

(Wieder abrupt cool) Klingt verdammt romantisch, was? – Sagt mal, habt ihr eigentlich nichts zu essen?

Laura: Klar. Hier ist 'ne Schüssel voll Pflaumen. Lissie hat außerdem einen Berg Schmalzbrote mitgebracht.

Lissie: Und Schokoladenpudding! Selbst gekocht.

Tina: Na, dann her damit!

Gemeinsames genüßliches Schmausen.

Tina: Ich glaub', so gut hat mir noch nie ein Schokoladenpudding geschmeckt! Aber auch die Schmalzbrote – und überhaupt!

Das Heupferd ist wieder besonders laut zu hören.

Hallo, mein Pferdchen! Na, du bist heute auch besonders gut drauf, was?

Lissie: Ein Pferd? Wo –

Tina: Na, im Fliederbusch. Genau hinter dir.

Laura: (Kichert)

Stimmt. Pferde sitzen bekanntlich mit Vorliebe in Fliederbüschen.

Tina: Genau. Vor allem, wenn sie grün sind.

Laura: Kapiert. Es ist ein Heupferd, stimmt's?

Tina: Genau. Aber nicht irgendeins. Es ist das Große und Allergrünste. Und mein allerliebstes. Hab' in der Bio-AG neulich ein Referat darüber gehalten.

Laura: (Verträumt) Das *Allergrünste* – wie das klingt!

Tina: (Sachlich) Es heißt lateinisch wirklich so. *Tettigonia Viridissima* bedeutet *Allergrünstes Heupferd.* –

(Seufzt, wieder weicher) Vorhin, als ich am Zaun stehengeblieben bin, da hab' ich's ganz nah gehört – und das war auch wie zum ersten Mal. Wie ein Liebeslied kam's mir vor. Oder wie ein Lebenslied. Ein *allergrünstes Lebenslied.* – Verrückt, ich weiß. Aber dieser Schock mit dem Mädchen –

Laura: *Allergrünstes Lebenslied.* Mensch, Tina, du bist ja eine Dichterin!

Tina: Na ja, morgen lache ich wahrscheinlich wieder drüber. – Oder vielleicht auch nicht.

Laura: Was ist, Lissie? Du bist so still.

Lissie: Ich glaub', mir geht's ein bißchen wie der Tina vorhin. – Ich merk' auf einmal, wie toll das hier riecht und was man alles hört und –

Laura: Stimmt. Vorhin hab' ich auf einmal gemeint, ich könnte das Blut in meinen Adern fließen hören.

Tina: (Leise kichernd) Wißt ihr eigentlich, wo bei den Heuschrecken das Ohr sitzt?

Lissie: Nicht irgendwo am Kopf?

Tina: Nein. Am Schienbein.

Lissie und Laura lachen laut los.

Lissie: Was ist, Laura? Warum stehst du auf?

Laura: Warte mal. (Sie entfernt sich ein paar Schritte) Ich versuche mir gerade vorzustellen, was ich mit Ohren am Schienbein alles hören würde.

Tina: Zum Beispiel, wie das Gras wächst.

Laura: Oder Käfergeflüster, verschiedene Sorten von grünen Liedern –

Lissie: Vielleicht sogar Mäuse-Rock!

Tina: (Spuckt eine Pflaume aus)
Mann, ich glaub', eure Pflaumen sind voller Maden.

Lissie: Hättest du vorher mal dran horchen sollen.

Tina: Mit dem Schienbein?

Lissie: Nö, mit der Zunge. – Muß ich gleich mal probieren. (Beißt in eine Pflaume) Mm. Die schmeckt ganz leise.

Laura: Würmer *sind* bekanntlich ganz leise.

Lissie: (Spuckt die Pflaume hastig wieder aus)
Ich glaub', Ohren auf der Zunge bringen's nicht.

Laura: Wie wär's denn mit Ohren in den Augen?

Tina: Dann wärst du hellhörig.

Laura: Ja! Dann versteht du zum Beispiel ganz genau, was dir verliebte Augen sagen. Wort für Wort. Wär' das nix, Lissie?

Lissie: (Ablenkend) Ich glaub', wenn ich wählen könnte, hätte ich die Ohren am liebsten in den Fingerspitzen. Da könnte ich zum Beispiel hören, wie weich mein Schlafsack ist.

Laura: Oder was dir Daniels Hände erzählen.

Tina: Ach, von dem soll ich dich übrigens grüßen, Lissie. Er läßt fragen, ob du morgen abend mit ihm in die Disko gehst.

Lissie: (Verwirrt) Ich?

Tina: Ja, du. Oder heißt hier sonst noch wer Lissie? – (Sie springt auf, ruft) Juhuh!!

Laura: Was ist, Tina? Wo willst du hin?

Tina: Ich möcht' jetzt tanzen! Auf der Stelle – und barfuß.

Lissie: Au ja!

Laura: Prima. Ich hol' den Kassettenrecorder aus dem Zelt. Warte –

Tina: Laß das, Laura. Wo hast du denn deine Ohren? Wir haben doch Live-Musik.

Regie: *Das Heupferd fidelt auf Teufel komm raus.*

Tina: (Schreit) Juhuh! Leute, wir leben!!

RENATE WELSH

Die Rache der wilden Wörter

Was da an Wörtern herumfliegt!« sagte Hanni zu Hans. Sie benützte die Fingersprache, denn in dem Lärm konnte man nichts verstehen.
Hans schrie auf. Das mußte man nicht hören, das sah man. »Das war ein scharfes!« deutete er. »Das hat mich in den Finger geschnitten.«
»Gehen wir weg!« antwortete Hanni.
Als sie den linken Fuß vorsetzen wollte, merkte sie, daß der Boden bedeckt war mit Wörtern, die zu einem Wörterbrei zusammengeflossen waren. In dem Brei ruderte ein Marienkäfer verzweifelt mit allen sechs Beinen. Hanni fischte ihn heraus. Jetzt klebte er an ihren Fingern.
Sie schleckte ihn vorsichtig ab.
Der Marienkäfer schüttelte sich, spannte die Flügel aus und flog schnell davon.

Hanni mußte rülpsen.
»In meiner Eigenschaft als«, blubberte es aus ihrem Mund, »Sachzwänge« und dann noch »Objektivierbarkeit«.
Hanni schüttelte sich. Die Wörter schmeckten scheußlich.
Hans und Hanni hoben die Beine ganz hoch und stapften durch den Brei.
Immer noch fielen Wörter. Manche waren wie Pferdebremsen, die brannten und stachen auf der Haut.
Plötzlich blieb Hans stehen.
Seine Sandale steckte fest.
Hanni reichte ihm die Hand und zog.
Hans brachte nun zwar den Fuß heraus, aber er mochte nicht in den Brei nach der Sandale greifen. Der Brei roch jetzt ganz übel.
Hanni zog Hans hinter sich her. Sie kamen nur langsam vorwärts.
Ihre Angst wuchs und wuchs.
Die Wörter prasselten immer dichter. Es waren viele dabei, die waren sehr lang und schienen Stacheln zu haben.
Tränen liefen Hans und Hanni über die Wangen.
Da fuhr ein heftiger Windstoß über das Feld. Die Wörter wurden hin- und hergeschüttelt, viele lösten sich auf, einzelne Silben versanken im Brei.
»Es ist ja still geworden«, flüsterte Hanni.
Hans nickte und wischte sich die Tränen ab.
Hanni taten die Arme weh.
Hans versuchte, ein Stück allein zu gehen, aber dabei verlor er ständig das Gleichgewicht. Hanni packte wieder seine Hand. Sie gingen und gingen, bis sie endlich eine

höher gelegene Wiese erreichten, wo kein Wörterbrei war.
Hier blieben sie stehen.
Durch die Wiese floß ein Bächlein. Hans wollte sich die Füße waschen, aber Hanni meinte: »Wer weiß, was dann passiert. Am Ende ist das Wasser verseucht, und alle Rehe, die daraus trinken, kriegen Wortdurchfall. Wir müssen Hilfe holen. Dort drüben sehe ich ein Haus.«
Sie klopfte an die Tür. Eine freundliche Frau öffnete und lud beide Kinder ein, ins Haus zu kommen. Hans blieb aber draußen stehen. Er hielt den breiigen Fluß möglichst weit von sich weg, bis jeder Muskel einzeln weh tat.
Hanni erzählte der Frau, was sie erlebt hatten.
»O Gott«, sagte die Frau, »ich fürchte, da sind wir schuld. Unser Fernseher ist nämlich explodiert.«
Hanni meinte: »So viele Wörter können gar nicht aus einem einzigen Fernseher kommen.«
Aber die Frau wiegte den Kopf hin und her und sagte, sie hätte lange etwas Derartiges befürchtet.
»So wie die Leute mit den Wörtern umgehen – das konnten sie sich ja nicht ewig gefallen lassen. Sie mußten sich einmal rächen.«
Dann rief sie die Polizei an.
Die Polizei kam auch sehr bald mit Blaulicht angerast, hinter ihr der allergrößte Feuerwehrwagen und ein Krankenauto. Die Feuerwehrmänner pumpten den ganzen Wörterbrei in zwölf große Betonbehälter. Die Ärztin und der Sanitäter wuschen Hans den Fuß. Sie wuschen ihn sehr gründlich, und das Waschwasser leerten sie zu dem Brei in

die Betonbehälter und warfen ihre Gummihandschuhe nach.
Hanni rülpste noch immer hin und wieder, aber es kam nur mehr »achzw« heraus, und die Ärztin meinte, das sei ungefährlich. Zur Sicherheit kaufte sie Hanni auf dem Rückweg ein großes Eis, und dann kaufte sie noch eins für Hans, eins für den Sanitäter und eins für sich selbst – gegen die Ansteckung, sagte sie.

Wissenschaftler untersuchten den Wörterbrei. Sie arbeiteten rund um die Uhr.
Schließlich stellten sie fest, daß die Frau recht gehabt hatte. Die Wörter wollten sich nicht länger gefallen lassen, daß man sie mißbrauchte und zum Lügen verwendete oder zum Zudecken der Wahrheit. Die Wissenschaftler warnten alle Menschen, insbesondere aber Politiker, Zeitungsschreiber, Fernsehreporter, Bürgermeister und andere Leute in gehobenen Stellungen, in Zukunft pfleglich und sparsam mit Wörtern umzugehen, um eine Katastrophe zu verhindern. Denn der nächste Schlag wird weit schlimmer sein, drohten sie.
Der Wörterbrei blieb ein Problem. Die Wissenschaftler konnten sich nicht einigen, ob man die Betonbehälter verschließen und in einem Bergwerk einmauern oder im Meer versenken sollte.
Manche sagten, beides sei gefährlich.
Bis eines Tages Hanni und Hans vorbeigingen, als die Wissenschaftler gerade bei offenem Fenster diskutierten.
»Weißt du, was ich mir gedacht hab'?« fragte Hanni.

»Was?«
»Wir hätten nur ein paar Fragezeichen in den Wörterbrei spucken müssen, dann . . .«
Den Rest von Hannis Antwort hörten die Wissenschaftler nicht mehr, weil die Kinder schon weitergegangen waren.
Ein Wissenschaftler sprang auf und holte eine Schale. Darin sammelte er alle Fragezeichen, die er und seine Kollegen bei sich hatten. Da alle zwölf wirklich gute Wissenschaftler waren, hatten sie viele Fragezeichen, und die Schale wurde randvoll. Sie leerten die Schale in den ersten Behälter. Der Wortbrei schäumte auf, man konnte einzelne Wörter unterscheiden, die auch plötzlich nicht mehr klebrig waren, nicht mehr übel rochen und sich mit der Pinzette herausfischen ließen.
Die Wissenschaftler begannen, die Wörter säuberlich zu ordnen, da es aber sehr viele waren, sitzen sie noch immer dabei.

INGE MEYER-DIETRICH

Greenteam 6 c

Die wollen sich nur aufspielen. Ist doch bescheuert, was die machen. Alles Angeberei. Johanna kraulte Mäxchen, das sie in Pflege hatte, solange Jessie im Landschulheim war. Kraulte und streichelte das Kaninchen, und dabei mußte sie an Little Dog denken.

Er fehlte ihr so. Immer noch. Immer mehr. Gerade heute hätte er dasein sollen! Sie wäre mit ihm den ganzen äußeren Ring entlanggelaufen, zum Stadtwald, und dann mit ihm um die Wette gerannt, bis ihr die Puste ausgegangen wäre und sie sich auf den weichen Waldboden hätte fallen lassen können. Und vielleicht, nein, bestimmt hätte sie dann geheult.

Sie erinnerte sich genau, wie Little Dogs Schnauze sie immer angestubst hatte, wenn sie traurig gewesen war, seine weiche, feuchte Schnauze. Dann war sie sich nie so allein vorge-

kommen wie heute. Sie sah sein graumeliertes Zottelfell vor sich und hatte keine Lust mehr, Mäxchen zu kraulen.
Greenteam. Ja, das hörte sich eigentlich gut an. Doch so, wie Mirjana das Wort dauernd sagte, klang es für Johanna wie eine besondere Jeansmarke oder wie der neue Superhit von Mirjanas Lieblingsband.
Greenteams waren in, deswegen mußte die 6 c eben auch eins gründen. Aber was war das schon für ein Greenteam? Ein Haufen Idioten, dachte Johanna wütend. Oder eher ein Haufen Idiotinnen. Die Jungen waren gar nicht erst gefragt worden. Und wahrscheinlich hätte sowieso keiner von denen mitgemacht.
Seit drei Wochen gab es das Greenteam, die Wahnsinnsumweltschützerinnen. Seitdem wurde in der Klasse von fast nichts anderem mehr geredet. Obwohl es eigentlich nicht viel zu reden gab. Was hatten die denn bis jetzt gemacht? Den Leserbrief über die tropischen Regenwälder, der stark gekürzt im »Stadtspiegel« erschienen war, hatten sie gleich am Anfang geschrieben. Und dann das Theater wegen der Kürzungen! Mirjana hatte sich drei Tage lang aufgeregt. Dabei war doch alles über die Regenwälder aus einem Zeitungsartikel geklaut!
Ein Greenteam, Mensch! Mir würde 'ne Menge einfallen, was man machen könnte! Beim Aufforsten helfen vielleicht, der Wald hier bei uns, der braucht ja auch Hilfe, überlegte Johanna, oder Wildblumen säen für Schmetterlinge, oder ... Aber das wär denen sicher alles zu simpel, Kinderkram.
Sie feuerte den Pulli in die Ecke, der von gestern abend noch auf ihrem Schreibtisch lag. Sie war so wütend! Eigentlich

von Anfang an, seit es »Greenteam 6 c« gab, aber richtig schlimm erst seit heute morgen. Die Mädchen hatten alle so widerlich geheimnisvoll getan, als wenn sie Gott weiß was für eine geheime Aktion planten. Dringend. Wichtig. Und Mirjana, die schräg vor Johanna saß, hatte pausenlos Briefchen geschrieben und in der Klasse herumgeschickt, immer an Johanna vorbei.

Was hatten die bloß gegen sie?

Ach, die konnten ihr doch gestohlen bleiben, alle, die doofen Tussis. Und eigentlich hatte sie noch nie richtig mit ihnen zu tun gehabt, die ganzen fünf Monate nicht, die sie jetzt in der Klasse war.

Johanna brachte Mäxchen in seinen Stall zurück. »Du bist niedlich«, sagte sie, »aber leider bist du kein Hund.«

Sie zog ihre Jeansjacke an. Wieder lag so ein langer, langweiliger Nachmittag vor ihr. Sie hatte keine Lust auf Fernsehen, keine Lust auf Musik. Und beim Lesen liefen ihre Gedanken sowieso immer woanders hin.

Papa, vergiß bloß nicht, mit Little Dog rauszugehen! Du hast mir versprochen, daß du gut für ihn sorgst. Am liebsten würde ich dich erinnern, aber ich bin immer noch viel zu böse auf dich!

Ob sie beim Tierheim vorbeifahren sollte? Sie hatte es vorige Woche entdeckt, zufällig, als sie wieder einmal ziellos mit dem Fahrrad unterwegs gewesen war.

Nur, würde sie dann nicht noch mehr Heimweh kriegen, Heimweh nach Little Dog und überhaupt?

Und der Junge, der sie vorige Woche so angestarrt hatte

und wissen wollte, warum sie gekommen war! Wenn der wieder fragen würde, was sollte sie dann sagen?
Als sie auf dem Fahrrad saß, fuhr sie doch Richtung Tierheim. Vielleicht war der Junge heute gar nicht da, und sie konnte einfach so ein bißchen im Hof vom Tierheim herumgehen und gucken.
Sie stellte ihr Fahrrad an der Straßenecke ab. Ging langsam durch die Einfahrt. Nein, sie sah weder den Jungen noch sonst jemand. Sie kam an der großen Voliere vorbei. Ging quer über den Hof. Hockte sich vor den Hundezwinger. Letzte Woche war ein Bobtail unter den Hunden gewesen. Sie suchte. Ja, da war er! Und er sah beinahe so aus wie Little Dog.
»Komm«, flüsterte sie, »komm doch näher!«
Der Hund sah sie an, als wenn er verstanden hätte, und wedelte mit dem Schwanz. Dann kam er langsam ans Gitter.
»Hallo, bist du wieder da?«
Johanna fuhr herum. Lief rot an. Verdammt! Langsam richtete sie sich auf. »Siehst du ja wohl«, sagte sie schroff.
»Klar, seh ich's, hab dich sofort wiedererkannt.« Der Junge stellte einen schweren Futtereimer ab. »Willst du dir vielleicht doch einen Hund aussuchen?«
Johanna schüttelte stumm den Kopf. Sie kam sich so blöd vor! Mußte der Typ sie ausgerechnet dabei erwischen, wie sie vor dem Hundezwinger hockte und dem wildfremden Bobtail was zuflüsterte, als wäre sie nicht ganz dicht!
»Ich heiß übrigens Thomas«, erwartungsvoll sah er sie an. Wieso sollte sie dem ihren Namen sagen? Johanna zögerte.

Aber der starrte wieder wie letztes Mal. Nein, das stimmte eigentlich nicht. Er lachte. Er lachte sie an, offen und freundlich. »Ich heiß Johanna«, sagte sie schließlich.
»Du scheinst Tiere zu mögen, sonst wärst du nicht wiedergekommen«, stellte er fest.
»Am meisten Hunde wie den«, sie zeigte auf den Bobtail. »So einen hatte ich, bevor wir umgezogen sind.« Sie biß sich auf die Lippen.
»Ist er denn . . . ist er jetzt . . . tot?« fragte Thomas vorsichtig, und dann, als Johanna den Kopf schüttelte, »oder mußtest du ihn dalassen?«
Sie nickte. »In unserer Wohnung hier darf man keine Hunde halten. Meine Schwester hat ein Kaninchen. So kleine Tiere sind nicht verboten. Aber ein Kaninchen ohne Garten find ich sowieso Quatsch.«
»Ich hätte auch gern einen Hund«, sagte Thomas. »Bloß wollen das meine Eltern nicht. Auf keinen Fall. Dabei wäre es bei uns im Haus erlaubt.«
»Dann gehört das Tierheim gar nicht deinen Eltern?«
»Nein, ich komm nur meistens nachmittags zum Helfen her. Verdien ein bißchen Taschengeld. Im Supermarkt hab ich mehr verdient, aber es hat keinen Spaß gemacht.«
Ich würde auch gern mit Tieren arbeiten, dachte Johanna.
»Und wo gehst du zur Schule?« fragte sie.
»Gleich hier um die Ecke. In die Gesamtschule. Ich bin in der Acht«, erklärte Thomas. »Und du?«
»In der Sechs. Ratsgymnasium Stadtmitte.«
Johanna hockte sich wieder vor den Zwinger.
»Soll ich den Bobtail rauslassen?« fragte Thomas.

Sie nickte. »Wie heißt er denn?«
»Bobby.«
Johanna lachte. »Nicht sehr originell.«
»Und wie heißt deiner?«
»Little Dog«, sie grinste, »auch nicht sehr originell, das muß ich zugeben.«
»Aber Bobtails sind doch gar nicht so klein«, fand Thomas.
»Ich hab ihn gekriegt, als er noch ein Baby war. Mein Vater hat ihn Little Dog genannt, weil wir so schnell keinen Namen finden konnten, und dabei ist es geblieben.«
»Willst du ein bißchen mit Bobby raus?« fragte Thomas. »Er kann Auslauf gebrauchen.«
Klar wollte sie! Endlich wieder mit einem Hund unterwegs sein! Wie mit Little Dog!
Schon war Johanna auf dem Weg zum Stadtwald.
Sie rannte mehr, als sie ging. Nein, sie heulte nicht, als sie sich später neben Bobby auf den weichen Waldboden fallen ließ. Sie spielte mit dem Hund. Streichelte ihn. Tobte mit ihm herum. Sie traute sich noch nicht, ihn ganz frei laufen zu lassen, aber er war mit der langen Leine zufrieden.
Dann legte sie sich wieder ins Moos. Ein Greenteam könnte doch auch im Tierheim aushelfen. Da gab es bestimmt genug zu tun. Sie würde Thomas nachher fragen, ob das ginge. Ach, Quatsch. Nie im Leben würde sie Mirjana und den anderen Mädchen den Vorschlag machen. Das sähe ja aus, als wollte sie um Aufnahme in diese Möchtegern-Umweltgruppe betteln!
Johanna seufzte. Um ehrlich zu sein, war sie ungerecht. Das wußte sie tief im Innern genau. Niemand hatte ge-

fragt, ob sie mitmachen wollte. Niemand. Das war es! Sie als einzige gehörte nicht dazu. Darum war sie so wütend auf die Mädchen. Aber sie schob den Gedanken ganz schnell wieder weg. Um-Welt. Um wen eigentlich? Sollte das heißen, alles andere, alles um die Menschen herum? Und ich? Was ist mit mir? Meine Welt, dachte sie böse, meine Welt und alles drum herum ist dieses Jahr kaputtgegangen.

Bobby fing an zu jaulen und zerrte an der Leine.

Johanna sprang auf. Sie war schon seit über zwei Stunden unterwegs. Vielleicht würde Thomas Ärger kriegen . . .

»Komm, Bobby, wir müssen rennen«, sagte sie, »ich hab die Zeit verträumt!«

Wenn sie die Abkürzung am Friedhof vorbei nehmen würde, müßte sie ganz schnell beim Tierheim sein. Bloß, wo war die Abzweigung? Noch ein Stück weiter? Oder war sie schon daran vorbei?

Sie lief mit Bobby zurück. Verdammt, jetzt wohnte sie schon fünf Monate hier und kannte sich noch immer nicht richtig aus. Bloß, weil ihre blöden Eltern sich getrennt hatten. Bloß, weil sie nicht einmal Little Dog behalten durfte. Mit ihm würde sie die Stadt längst in- und auswendig kennen!

Thomas wartete in der Einfahrt. »Bleib nächstes Mal nicht so lange, ich hab eigentlich schon Schluß.«

»Tut mir leid. Aber . . . heißt das, ich kann öfter mit Bobby raus?«

»Klar, wenn du willst.«

Thomas brachte den Hund in den Zwinger zurück. Dann gingen sie noch ein Stück Weg zusammen. Und bevor Johanna mit dem Fahrrad losfuhr, versprach sie Thomas, ihn bald wieder im Tierheim zu besuchen. Ihn und Bobby.

Auch am nächsten Morgen schrieb Mirjana Briefchen. Und natürlich wieder an Johanna vorbei. Soll sie doch, dachte Johanna trotzig. Ich brauch kein Greenteam. Ich kann mit Bobby raus, wenn ich will. Und Thomas ist nett . . .
Im Kunstunterricht träumte sie vor sich hin. Darum hatte sie ihre Sachen nicht gepackt wie die anderen, als es zum Schulschluß klingelte. Sie war die letzte, die den Kunstraum verließ. Und da, kurz vor der Tür, sah sie am Boden den Zettel. Er war himmelblau mit einer Katze drauf. Der stammte von Mirjanas Notizblock! Ganz sicher! *Checke heute die Lage im Tierheim! Um fünf Treffen bei mir!* hatte Mirjana geschrieben. *Aktion: Save the dogs!!!*

»Hätte ich nicht gedacht, daß du gleich heute kommst«, Thomas war dabei, einen Hamsterkäfig sauberzumachen.
»Eigentlich wollte ich bis nächste Woche warten«, gab Johanna zu, »aber ich muß dir was sagen.« Sie zeigte Thomas den Zettel und erzählte vom Greenteam der 6 c.
Er sah sie nachdenklich an. »Save the dogs, was meinen die bloß damit? Die Hunde rausholen?«
»Das frag ich mich auch. Und was machen wir jetzt?« Johanna biß sich auf die Lippen. »Ich weiß nicht, wenn Mirjana mich hier sieht?«
»Wär das denn schlimm?« wollte Thomas wissen. »Über-

haupt, wieso machst du nicht in dem Greenteam mit? Wo du Tiere so magst, hättest du sicher gute Ideen!«
»Die . . . die wollen mich nicht«, Johanna schluckte, »für die bin ich immer noch die Neue, die nicht dazugehört.«
»Aber kümmern sich um den Regenwald«, sagte Thomas, »klar, der ist weit genug weg.«
»Wie meinst du das?«
»Bist du nicht auch Umwelt?«
»Ach komm!« Johanna wollte nicht darauf eingehen. Sie hatte schon genug darüber nachgedacht. »Laß uns lieber überlegen, was wir gleich machen!«
»Uns fällt schon was ein. Erst mal verstecken wir uns. Vielleicht kriegen wir raus, was sie vorhat.«

Viertel nach vier. Zwanzig Minuten vor fünf. Johanna und Thomas hockten in den Sträuchern neben der Voliere und warteten. Vom Hof aus konnte man sie nicht entdecken. Inzwischen waren schon ein paarmal Leute dagewesen. Nur Mirjana kam immer noch nicht.
»Kann ja sein, daß ihr was dazwischengekommen ist«, überlegte Thomas, »oder sie traut sich doch nicht.«
»Oder gibt's vielleicht noch ein Tierheim in eurer Stadt?« fragte Johanna.
Thomas schüttelte den Kopf und beugte sich vor, um zu horchen. Da hörte Johanna die Schritte auch. Und diesmal war es Mirjana.
Zögernd kam sie in den Hof, sah sich vorsichtig um, ging langsam auf den Hundezwinger zu. Blieb einige Meter entfernt unschlüssig stehen und starrte auf das Törchen.

Thomas stieß Johanna an und war dann mit wenigen Schritten bei Mirjana. »Was willst du hier?« fragte er drohend. Erschrocken wich sie ein paar Schritte zurück.
»Ich werd mir ja wohl noch die Hunde angucken dürfen«, sagte sie, »oder ist das neuerdings verboten?«
»Willst du einen?«
»Ich will nur gucken, ob die Hunde genug Platz haben und überhaupt . . .?«
»Und überhaupt, bist du der Tierschutzverein?«
»Bist du hier der Boß?«
Thomas ging auf Mirjanas Frage nicht ein. »Du meinst wohl, die Hunde sind nicht richtig versorgt?« schimpfte er los. »Willst du sie vielleicht freilassen? Damit sie draußen verwildern oder verhungern?«
»Na ja, vernachlässigt sehn sie nicht gerade aus«, gab Mirjana zu. »Aber . . . sie sind eingesperrt!«
Johanna saß noch immer in ihrem Versteck. Sie hätte gleich mit Thomas rausgehen sollen!
»Wieso regst du dich eigentlich so auf?« fragte Mirjana jetzt gerade, und Thomas antwortete nicht.
Da gab Johanna sich einen Ruck und lief zu den beiden hinüber.
»Deswegen!« sagte Thomas wütend. »Wegen Johanna!«
»Du?« Verwirrt sah Mirjana auf. »Was machst du denn hier?«
Johanna überlegte. Sah Mirjana an. Zum erstenmal richtig in all den Monaten. Mirjana wich ihrem Blick nicht aus. Und in diesem Moment schien sie weder eingebildet noch überheblich. Ein bißchen hilflos vielleicht.

»Ich bin hier, weil . . . ich mag Tiere eben«, sagte Johanna leise. Komisch, ihre Wut auf Mirjana war plötzlich weg, aber sie wußte trotzdem nicht, was sie sagen sollte.
»Und warum . . .«, Mirjana zögerte, »warum machst du dann nicht bei uns mit?« fragte sie, »ich mein, in unserem Greenteam?«
»Mensch, hör bloß auf!« Johanna wurde doch wieder wütend. »Ihr wollt mich ja gar nicht! Ihr habt mich nie gefragt.«
»Eben«, sagte Thomas. »Der Regenwald und die Hunde. Aber das neue Mädchen in der Klasse ist euch scheißegal.«
Mirjana schüttelte heftig den Kopf.
Johanna hätte beinah geheult. »Und was war mit deinen Briefchen, immer an mir vorbei, so als wenn ich . . .«
»Ja sicher«, unterbrach Mirjana. »Wir haben dich nicht gefragt . . .« Sie suchte nach Worten. »Du warst von Anfang an so . . . na ja, arrogant ist vielleicht 'n bißchen hart, aber, ja, wir dachten, du findest hier alles nur doof und willst bloß nach Frankfurt zurück, weil . . . wir in der Kleinstadt können dir sowieso nichts bieten.«
Mirjana sah von Johanna zu Thomas und dann auf die Hunde.
»Mensch«, Johannas Stimme klang heiser. »Und ich hab die ganze Zeit gedacht, ihr wollt mich nicht . . .«

Ursula Fuchs

Autofreier Sonntag

Heut hab ich Post bekommen von einem Mädchen aus Hiddensee. Bis auf die Insel ist mein blauer Luftballon geflogen. Den hab ich am autofreien Sonntag mit einer Postkarte dran in den Himmel geschickt. Auf die Karte mit dem Darmstädter Hochzeitsturm hab ich einen Gruß und meine Adresse geschrieben.
Als Antwort bekam ich eine Karte mit einem Seehund drauf. Der ist sehr süß, und ich hab mich tierisch gefreut.
Mama auch und mein kleiner Bruder, der Frederik.
Tinta, meine Schwester, hat sich die Karte nicht mal angesehn.
»Kikikram!« hat sie gesagt.
Ob mein Papa sich wohl über die Karte freut?
Ich trau mich gar nicht, sie ihm zu zeigen. Weil mein Papa noch im Krankenhaus liegt und sauer ist.

Nicht auf mich, aber auf den autofreien Sonntag. Dabei findet er ihn eigentlich toll. Nur was dann passiert ist an dem Tag!

Wenn er wüßte, daß ich am Sonntag in meinem Bett den lieben Gott gebeten habe, noch mehr autofreie Sonntage zu schicken, wäre er bestimmt auch sauer auf mich.

Mama behauptet immer, daß Beten hilft.

Und das ist wahr! Denn nun kommen wirklich noch ganz viele autofreie Sonntage. Ich denke, bestimmt so sechs oder sieben Stück.

Ich weiß zwar nicht, ob die so lustig werden wie der am vergangenen Sonntag. Da war die Bergstraße von Darmstadt-Eberstadt bis nach Heppenheim gesperrt, für die Autos.

Papa, Mama, Tinta, Frederik und ich sind am Morgen schon ganz früh mit unseren Rädern los. Weil Frederik noch zu klein ist, um allein auf seinem Rädchen zu fahren, saß er bei Papa vorn im Kindersitz. Und hinten bei Mama im Korb hockte Olex, unser Hund, mit seinen kurzen Dackelbeinen.

Oma war auch dabei und der Benny. Benny ist der Freund von Tinta. Er ist sozusagen ihre erste Liebe.

In den Benny könnt ich mich auch verlieben. Er hat so schöne rote Haare und Sommersprossen auf der Nase. Ich hab sie gezählt, es sind genau siebenundzwanzig Stück.

Zu seinen roten Haaren hat der Benny ein schwarzweiß gestreiftes Trikot getragen. Er sah ein bißchen wie ein Zebra aus auf acht Rädern.

Der Benny ist nämlich nicht mit dem Fahrrad gefahren,

sondern auf seinen »roller blades«. Die Rollschuhe sind Spitze. Sie heißen auch »in-liner-skates«, weil die vier Rollen unter den Schuhen hintereinander in einer Reihe sind. Mit seinen Rollschuhen konnte der Benny ganz schnell über den grauen Asphalt flitzen. Das wollte er der Tinta zeigen, auch daß er Kreise und Achten und richtige Bocksprünge damit machen kann.

Der Tinta hat das gefallen, und sie hat den Benny angelacht. Dem Papa hat das überhaupt nicht gefallen. Er hat sich richtig über den Benny geärgert, das hab ich gesehn.

Und die Mama hat mit ihm geschimpft, daß er doch bitte aufpassen soll, auf sein Rad, auf die Straße, und besonders auf Frederik. Und sie hat zum Papa gesagt, daß sie meinen kleinen Bruder lieber nehmen wird, denn ihr macht es nichts aus, vorn mit dem Frederik und hinten mit dem Olex zu fahren.

Da ist er aber beleidigt gewesen, der Papa. Er kann ja schließlich Fahrrad fahren, hat er behauptet und besser aufgepaßt.

Das war auch gut, denn je weiter wir nach Seeheim kamen, um so voller wurde die Straße. Und der Benny konnte jetzt nicht mehr so schnell mit seinen »roller blades« flitzen. Und ich glaube, darüber hat sich mein Papa gefreut.

Der Papa hat es nicht so gut mit dem Benny, er kann ihn wirklich nicht leiden.

Mama sieht das anders. Sie sagt, daß der Papa schlicht und einfach eifersüchtig wie ein Gockelhahn auf den Benny sei. Ich weiß nicht, ob mein Papa wie ein Gockelhahn ist, gekräht hat er auf jeden Fall nicht.

Das hat mein kleiner Bruder gemacht, als er die Waffeln in Alsbach an der Straße entdeckte. Er wollte auch Waffeln und ich und Mama und Papa und Tinta und Oma und Benny.
Sieben Stück haben die beiden Mädchen auf dem Tisch unterm Sonnenschirm für uns gebacken. Die waren bestimmt nicht älter als ich, so höchstens elf Jahre.
Ganz allein haben die beiden Waffeln gebacken. Ob sie das Geld für sich behalten durften?
Ich hab mich geärgert und gefragt, warum wir nicht an der Bergstraße wohnen. Dann könnt ich auch Waffeln backen, und von dem Geld würd ich mir ein neues Fahrrad kaufen, in Pink mit rosa Speichen. Das sieht bestimmt toll aus.
Die goldenen Zeiger der Kirchenuhr haben in der Sonne geglänzt und auf zwölf gestanden, als wir in Zwingenberg ankamen.
Auf dem Marktplatz haben wir unsere Räder geschoben, weil da überall Kopfsteinpflaster ist.
Unser Dackel Olex hatte Durst. Papa hat ihn auf den Brunnenrand gehoben, und Olex ist ins Wasser gefallen. Er hat sich erschrocken, ganz ängstlich hat er mit seinen Pfötchen gepaddelt.
Ich hätt gern mit dem Olex getauscht, denn ich hab geschwitzt. Oma auch, sie hat sich mit dem Taschentuch die Tropfen aus dem Gesicht und aus den Augen gewischt. Denn das Glockenspiel auf dem Marktplatz hat das Lied »Kein schöner Land in unserer Zeit« gespielt. Und das ist Omas Lieblingslied.

Mamas Lieblingslied hat der Klavierspieler im Rosenhof gespielt. Der Hof hat zu einem Café gehört, in dem Mama uns zu Apfelsaft eingeladen hat.
Ich glaub, die Mama ist nur wegen der Rosen in den Hof gegangen. Die kletterten die Steinmauer hoch, sahen aus wie Orangen und dufteten.
Es war sehr unangenehm für Papa und für mich, wie die Mama sich von Rose zu Rose schnupperte, denn es waren ja schließlich noch andere Menschen im Hof.
»Paß auf, daß du nicht wieder gestochen wirst!« hat der Papa gerufen. Denn die Mama steckt immer ihre Nase in die Blüten, und einmal hat sie dabei eine Biene erwischt. Mama mußte tagelang mit einer Knollennase rumlaufen.
»Ich paß schon auf«, hat die Mama gesagt und sich auf die Steinbank gesetzt und in ihrem Tee herumgerührt. Dabei hat sie den Klavierspieler angeschaut. Der saß da unterm Dach der Veranda, im schwarzen Frack am schwarzen Klavier. Über seinem Kopf hing ein vertrockneter gelber Strohblumenkranz.
»Kannst du dich noch an den Geiger in Florenz erinnern?« hat die Mama den Papa gefragt. »Der mit seiner Geige immer hinter uns herlief?«
An den konnte Papa sich gut erinnern. Er mußte richtig seufzen, als er an ihn dachte. Denn wegen dem Geiger hat es zwischen Papa und Mama Krach gegeben, und die Mama wäre dem Papa fast weggelaufen, weil er so eifersüchtig war.
Ich hab die Mama in die Seite geknufft und gesagt, wie froh ich bin, daß die Mama nicht weggelaufen ist. Denn sonst

wäre ich ja nicht auf der Welt, und sie soll nicht so den Klavierspieler anstarren, weil es sonst wieder Krach gibt.
Die Mama hat gelacht und gesagt, daß wir alle ein bißchen spinnen. Und ist aufgesprungen, denn der Klavierspieler hat jetzt das Lied »Tante Hedwig, Tante Hedwig, die Nähmaschine geht nicht« gespielt. Das hat die Mama früher immer mit ihrem Großvater getanzt.
Und jetzt wollte die Mama mit dem Papa tanzen.
Dem Papa war aber nicht danach.
Da haben Mama und Benny zusammen getanzt.
Das hätte sie besser nicht tun sollen, denn der Benny hatte doch seine Acht-Rollen-Rollschuhe an, und er ist lang und dünn, eine Bohnenstange, und die Mama ziemlich klein. Und ich habe Angst gehabt, daß er der Mama auf die Füße tritt.
Ich mußte weggucken, weil es so komisch ausgesehen hat. Und da habe ich die winzig kleine lila Blume gesehen. Die ist aus der Mauer rausgewachsen, einfach so. Und ich hab gedacht, wie kann sie sich nur festhalten.
Eigentlich wollten wir ja noch nach Bensheim. Nur die Straße war so vollgestopft mit Radfahrern, da sind wir umgedreht. Es hat uns aber nichts ausgemacht, Hauptsache, wir konnten Fahrrad fahren. Alle Menschen wollten das, und die Autos mußten am Straßenrand stehen und durften nicht fahren.
Ich weiß nicht, die Menschen haben am autofreien Sonntag ganz anders ausgesehen als sonst. Fröhlich und lustig, es war ein bißchen wie Frieden. Und ich hab mir überlegt, daß jeder Sonntag autofrei sein müßte. Und einmal im Jahr an

einem Sonntag, da dürfen die Autos auf die Straße. Ich hab mir die lange Autoschlange vorgestellt, und mir ist richtig übel geworden von dem Benzingestank.

Zum Glück hat es in den Wiesen rüber nach Bickenbach nach Blumen gerochen, und wir haben die Vögel zwitschern hören. Ich mag es, wenn die Wiesen noch nicht gemäht sind. Am Waldrand haben die Margeriten die Zweige der Bäume geküßt, und die Schmetterlinge haben dazu getanzt, und der Kuckuck hat »kuckuck!« gerufen. Und meine Oma hat sich gefreut, daß sie einen Zehner in der Hosentasche hatte, denn das bringt Glück, wenn der Kuckuck ruft.

In Bickenbach hab ich die Nicole getroffen. Sie ist in meiner Klasse. Sie hat mit ihren Freundinnen und Freunden auf der Straße Völkerball gespielt. Ich hab gefragt, ob ich mitspielen darf. Ich durfte und die Tinta und der Benny auch. Der Benny hat seine »roller blades« ausgezogen und dem Papa zum Aufpassen in die Hände gedrückt.

Das hätte er besser nicht machen sollen, denn mein Papa hat die gleiche Schuhgröße wie der Benny.

Es war toll, auf der Straße Völkerball zu spielen, und ich hab gedacht, so müßte es immer sein.

Oma, Mama und mein kleiner Bruder haben am Straßenrand gesessen und uns zugeschaut. Wo mein Papa war, das wußten wir nicht.

Als nur noch die Tinta und ich im Feld waren, ist plötzlich mit tatütata! ein Krankenwagen gekommen. Wir mußten Platz machen. Das einzige Auto, das an diesem autofreien Sonntag fahren durfte, war für meinen Papa bestimmt.

Beim Papa muß man mit allem rechnen, sagt meine Mama immer. Er hat heimlich auf der Straße nach Alsbach die »roller blades« ausprobiert und sich dabei den Fuß gebrochen, den linken.

Und nun liegt er im Krankenhaus. Am Freitag wird er entlassen. Er hat einen Gips, und er darf bestimmt sechs Wochen kein Auto fahren.

PS: Eine fast wahre Geschichte. Den autofreien Sonntag gibt es jedes Jahr einmal an der Bergstraße.

HERBERT FRIEDMANN

Der Wald, der Müll und Judith

Herr Sänger wirbelt in die Klasse. Er trägt wieder verwaschene Jeans, ein dunkelblaues T-Shirt und die Birkenstockschuhe, denen man keine Farbe mehr zuordnen kann. Er klatscht die Jutetasche auf den Tisch, stellt sich breitbeinig vor die Klasse.

»Was haltet ihr davon, wenn der Naturkundeunterricht zur Abwechslung mal im Freien stattfindet«, sagt er in seiner fröhlich-optimistischen Art, die manchmal ansteckend wirkt, manchmal aber auch auf die Nerven geht.

Der Biolehrer wirft ein Stück Kreide in die Luft, fängt es betont lässig auf und guckt, als erwarte er für sein Kunststück von der 7 b Applaus.

»Klar«, sagt Marco, »Naturkundeunterricht im Freien finde ich echt cool. Besonders zusammen mit den Mädchen.«

Er hat die Lacher auf seiner Seite. Herr Sänger hebt und

senkt die Augenbrauen und wiederholt seinen Kreidekunstwurf.
»Das habe ich mir gedacht«, sagt er grinsend und dreht sich zur Tafel.
Samstag, 9 Uhr, Treffpunkt vor der Aula . . .
»Samstag?« hakt Sandra nach.
»Steht doch groß und deutlich an der Tafel«, sagt der Lehrer.
»Eh, samstags Unterricht«, kreischt Mehmet, »ich glaube, mein Wellensittich hat Plattfüße.«
Das Gelächter verwandelt sich in Mißfallensgemurmel. Samstags ist normalerweise schulfrei. Und niemand denkt daran, freiwillig in die Schule zu gehen, auch wenn der Unterricht im Freien stattfindet. Herr Sänger bläst die Backen auf und hebt die Arme, als wolle er ein Orchester dirigieren.
»Hört doch mal zu«, sagt er und hängt noch ein eindringliches »Bitte« an.
»Okay, eine Chance geben wir Ihnen noch«, brüllt Orlando.
Herr Sänger lacht und bedankt sich ironisch. Die Stimmung hätte nicht besser sein können. Der Lehrer setzt sich auf den Tisch und schlenkert ein paarmal mit den Beinen.
»Wie ihr wißt«, beginnt er nach einer kurzen Pause, »gibt es viele gedankenlose Menschen, die ihren Unrat einfach in der Gemarkung und im Wald ablagern . . .«
»Umweltschweine!« platzt Gina dazwischen.
»Jetzt bin ich dran«, sagt Herr Sänger.
Sein Gesichtsausdruck verrät, daß er keine weiteren Unterbrechungen duldet. Die 7 b kennt Herrn Sänger, der gleich-

zeitig seit einem Jahr ihr Klassenlehrer ist, sehr genau und schweigt.
»Danke«, sagt er, diesmal ohne den leisesten Hauch von Ironie. »Und ihr wißt auch, wie wichtig ein intakter Wald für eine gesunde Umwelt ist. Und deshalb werden sich alle siebten Klassen unserer Schule am kommenden Samstag an dieser Umweltreinigungsaktion beteiligen. Ich denke, für eine gesunde Umwelt kann man ruhig mal einen Vormittag opfern . . .«
Kein Schüler flippt aus vor Begeisterung, es widerspricht aber auch niemand.
»Und wie soll das gehen?« fragt Jonas. »Ich meine, sollen wir den Müll nach Hause tragen oder so . . .?«
Ein paar Lacher signalisieren, daß die Stimmung wieder zugunsten des Lehrers umschlägt. Alle reden durcheinander und löchern Herrn Sänger mit Fragen, die von ihm lächelnd beantwortet werden.
»Noch nicht einmal schmutzige Hände werdet ihr danach haben«, sagt er. »Das Fuhr- und Reinigungsamt stellt euch nämlich Handschuhe zur Verfügung . . .«
Judith hockt mit einem Wutgesicht in der letzten Reihe. Die Worte des Lehrers rauschen an ihr vorbei. Und sie weiß, wenn sie sich nicht zusammenreißt, wird sie gleich überkochen wie Milchsuppe. Ich habe noch nie etwas weggeworfen, denkt sie voller Zorn, weder auf der Straße noch im Wald. Und von wegen gedankenlose Menschen, wie Herr Sänger sich ausgedrückt hat. Wer verliert schon einen alten Kühlschrank oder einen Autoreifen einfach so im Wald? Es geht ja nicht um Papiertaschentücher oder Bonbonpapier.

Warum soll ausgerechnet sie den Dreck wegmachen, den andere Leute mit Absicht hingebracht haben? Typisch Erwachsene, den Jugendlichen wird alles aufgehalst. Dabei haben die Erwachsenen lange vor den Jugendlichen gelebt. Die sind doch schuld, daß jetzt die Umwelt überall geschädigt ist. Sie erinnert sich an den letzten Sommer, als es knallheiß gewesen ist und jeden Tag die Ozonwerte gestiegen sind. Trotzdem sind die Erwachsenen weiter mit dem Auto gefahren. Niemand muß müssen, wenn er nicht will. Vor zwei Jahren hat sie zu Hause angefangen, den Müll getrennt zu sammeln. Später hat sie im Fernsehen gesehen, daß ein Teil des Plastikmülls ins Ausland gebracht und dort verbrannt worden ist. Und mit der Altpapiersammelaktion vor einem Jahr ist es ähnlich gewesen. Wochenlang haben die Schüler und Schülerinnen damals Altpapier gesammelt. Hinterher haben sie erfahren, daß das Papier in der Müllverbrennungsanlage gelandet ist, weil die Firma, die das Papier recyclen sollte, keinen Bedarf hatte ...
»Und was springt für uns dabei heraus?« fragt Mehmet mehr im Spaß.
»Auf jeden Fall ein leckerer Eintopf vom Roten Kreuz«, sagt Herr Sänger und leckt sich schon mal die Lippen. »Und ...« Er rollt die Augen und verkündet im Stile eines Fernsehmoderators: »Die Stadtsparkasse stiftet 2.000 Mark!«
Jubel wie nach einem gewonnenen Spiel der Fußballnationalmannschaft. Herr Sänger läßt die Klasse gewähren. Judith ist die einzige, die keine Freude zeigt.
»Gibt es noch Einwände?« fragt der Lehrer nach einer Weile.

»Keine!« brüllt Marco.
»Müssen wir das Geld mit den anderen Klassen teilen?« will Jonas wissen.
Herr Sänger nickt.
»Aber es bleibt immer noch eine hübsche Summe übrig für unsere nächste Klassenfahrt . . .« Er hat endgültig gewonnen. Jeder streckt seine Hand in die Luft, als er fragt, wer sich denn nun an der Müllräumaktion beteiligen will. Nur Judith hat die Arme verschränkt und starrt scheinbar teilnahmslos gegen die Decke.
»Und was ist mit dir?«
Judith kaut auf den Lippen. Alle glotzen sie an, ein unangenehmes Starren. Sie spürt, wie sie rot anläuft.
»Nein«, preßt sie endlich hervor.
»Nein«, wiederholt Herr Sänger. Plötzlich ist es friedhofsstill im Raum. Die Blicke richten sich abwechselnd auf Judith und auf den Lehrer.
»Ich kann dich nicht zwingen«, sagt Herr Sänger.
»Nein«, sagt Judith gedehnt.
Sie fühlt sich ausgeschlossen, eingeschlossen in die Pflicht. Soll sie den anderen ihre Gedanken mitteilen? Da fällt ihr ein Satz ein, den sie mal irgendwo gelesen hat: »Es gibt kein richtiges Leben im falschen . . .«

ELISABETH ZÖLLER

Meine kleine Großmutter

Meine kleine Großmutter war alt geworden, so alt, daß man sie kaum noch sah. Sie hatte ein kleines Gesicht bekommen und weiße Haare, die sie kaum vom Himmel absetzten.

Sie war klein geworden.

Wenn man klein ist, lebt man am Grund aller Dinge – und das tat sie.

Sie fragte also nicht: »Was hast du da?« – Und: »Wie teuer ist das?« – Und: »Was kostet die Welt?« Nein – sie fragte anders, oder sie reichte die Hand oder legte sie auf.

Das alles wäre ja gut gewesen, wenn es einen gegeben hätte, der sie verstand; denn die Leute, die um sie herum waren, lebten von Dingen, die sie kaufen oder verkaufen wollten, und sie sprachen über das Äußere der Dinge, als sei das alles. Und sie verhandelten unablässig, und ihre Köpfe

schwollen dabei an zu großen roten Ballons. Sie wurden laut und dachten dann, sie seien wichtig.
Und dabei überhörten sie alle andern.

Es wird erzählt, aber da lebte ich noch nicht, daß meine Großmutter einmal bei einer solchen Auseinandersetzung dazwischenging und bat, man solle sich einigen, und das sei doch gar nicht so wichtig. Aber es hat sie wohl keiner gehört.

Man sah danach eine kleine Spur durch den Schnee. Sie war schwer, und sie war traurig. Genau wie meine Großmutter, die an dem Tag wohl fortgegangen sein muß, denn keiner hat sie mehr gesehen, und keiner hat sie mehr gehört.

Doch manchmal, dann wünsch ich mir meine kleine Großmutter, und sie wäre wirklich, denn sie könnte mir dann raten, was wichtig ist, wenn die Leute sich streiten und mir Dinge erzählen, an die ich nicht glaube.
Doch mir bleiben nur weiße kleine Schneespuren, von denen man nie erzählt hat, und mein Weg, der da weitergeht, wo meine Großmutter ihn begann.

Adressen

Bund für Umwelt- und Naturschutz Deutschland
(BUND)
Im Rheingarten 7
53225 Bonn

BUND–Jugend
Friedrich-Breuer-Straße 86
53225 Bonn

Greenpeace e. V.
20450 Hamburg

Greenteam e. V.
20450 Hamburg

WWF
Hedderichstr. 110
60596 Frankfurt

Deutsche Umwelthilfe
Güttinger Straße 19
78315 Radolfszell

Robin Wood e. V.
Bundesgeschäftsstelle
Postfach 102122
28021 Bremen

Naturschutzbund Deutschland
Postfach 301054
53190 Bonn

Die Autorinnen und Autoren

Banscherus, Jürgen, * 1949 in Remscheid, lebt als Schriftsteller in Hattingen

Engelmann, Reiner, * 1952 in Völkenroth / Hunsrück, Sozialpädagoge, lebt in Manubach / Mittelrhein

Friedmann, Herbert, * 1951 in Groß-Gerau, lebt als Kinder- und Jugendbuchautor in Darmstadt

Fuchs, Ursula, *1933 in Westfalen, lebt als Kinder- und Jugendbuchautorin in Darmstadt

Große-Oetringhaus, Hans-Martin, *1948, Schriftsteller und Mitarbeiter von terre des hommes, lebt in Duisburg

Grosz, Peter, * 1948 in Jahrmarkt / Rumänien, lebt als Lehrer, Autor und Herausgeber in Nieder-Olm

Heyne, Isolde, * 1931 in Aussig / Elbe, lebt als Kinder- und Jugendbuchautorin in Limburg

Meyer-Dietrich, Inge, * 1944, lebt als Kinder- und Jugendbuchautorin in Gelsenkirchen-Buer

Pauls, Wolfgang, * 1948 in Lübeck, lebt als Kinder- und Jugendbuchautor in Bensheim / Odenwald

Petri, Horst, * 1936 in Köln, Facharztausbildung für Neurologie, Psychiatrie und für Kinder- und Jugendpsychiatrie, Dozent und Autor, lebt in Berlin

Preuß, Gunter, * 1940 in Leipzig, lebt als Schriftsteller in Schkeuditz/Sachsen

Richter, Horst-Eberhard, * 1923, Psychiater, Psychoanalytiker, Autor, Leiter des Sigmund-Freud-Instituts Frankfurt, lebt in Gießen

Rusch, Regina, * 1945 in Hamburg, Journalistin und Kinder- und Jugendbuchautorin, lebt in Frankfurt

Scherf, Dagmar, * 1942, lebt als Schriftstellerin in Friedrichsdorf

Spillner, Wolf, * 1936 in Herzberg, lebt als Schriftsteller in Wendisch-Rambow

Veit, Barbara, * 1946, lebt als Schriftstellerin in München

Weizsäcker, Ernst Ulrich von, * 1939 in Zürich, Physiker und Biologe, seit 1991 Präsident des Wuppertal Instituts für Klima, Umwelt, Energie

Wecker, Konstantin, * 1947 in München, Liedermacher, Komponist, Schauspieler, Schriftsteller, lebt in München

Welsh, Renate, * 1937 in Wien, lebt als Schriftstellerin in Wien

Zöller, Elisabeth, * 1945 in Brilon/Sauerland, lebt als Kinder- und Jugendbuchautorin in Laatzen bei Hannover